KB010962

이창호의 자서전

개척과 도전 정신

내가 77년이란 세월을 보내면서,
자서전으로 남기고 싶어 이 글을 쓴다.
나의 인생을 뒤돌아보며 무엇을 위하여,
무엇 때문에 살아왔는지에 대해 말이다.

'개척과 도전정신'

　미국에서의 유학 경험을 통해 청도교 기독교 정신으로 개척한 미국의 모습과 도전 정신으로 이루어진 나라의 특징을 배우고 느꼈습니다. 미국은 우주를 개척하고, 전 세계에 자유 민주주의를 실현하려는 도전을 이어가고 있다는 것을 깨달았습니다. 이러한 경험을 통해 현실에서 큰 성공은 아니었지만, 후손과 후배들에게 개척과 도전 정신만 있다면 '할 수 있다.'는 것을 알리고 싶습니다.

저자 이창호

Contents

제3부 · 개척 정신으로 버텨낸 시간 1

제5부 · 위기를 기회로! 새로운 삶, 새로운 도전

개척과 도전 정신

제1부

나의 어린 시절

나의 조상

꿈 나는 경주 이씨 집안에서 태어났다. 증조 할아버지께서는 평양에서 나셔서 평안도 감찰사까지 하셨다고 한다. 할아버지께서 서울로 오셔서 남한에서 최초로 설립된 배재학당 제1회 졸업생으로 졸업하셨다. 배재학당은 기독교 학교로, 아펜셀라 선교사가 설립하였고, 그 아내는 기독교 학교인 이화학당을 설립했다.

배재학당 하면 대한민국을 건국하신 이승만 대통령께서 졸업하신 학교로 알려져 있고, 이화학당 하면 애국 투사 유관순을 생각하게 된다.

배재 학당

아버지 이한종의 삶

아버지는 1916년 4월 30일, 서울서 7대 독자로 태어나셨다. 할아버지가 졸업하신 배재학당을 졸업하시고, 일본으로 유학을 가셔서 와세다 대학을 졸업하셨다. 아버지께서는 한국이 일본의 식민지에서 해방된 1945년도에 고국으로 돌아오셨다. 그리고 경향신문사에 들어가 신문 보도 총 책임자로 근무하셨다. 6.25전쟁이 끝난 이후에는 한영 영화 제작사를 설립하셔서 영화감독으로 일하셨다. 그의 수제자로 신상옥 감독을 꼽을 수 있다.

아버지의 일본 와세다 대학 시절을 함께하신 친구분들에게 많은 얘기를 들었다. 아버지는 유학 시절 고생이 많으셨다 한다. 어느 날 친구분과 음식점에 갔는데, 음식점으로 들어가다 통로가 좁아서 식사 중이던 다른 손님의 발을 살짝 건드렸다. 그러자 갑자기 누군가가 아버지의 머리를 음식물에 처박았다는 것이다. 그들은 아버지와 친구가 한국말로 대화하는 것을 듣고 아버지가 조선 사람이라 것을 알았다. 그는 아버지에게 미안하면 자기의 양다리 사이로 기어가라고 명령했다. 이런 소란에 식당에 있었던 손님들은 다 밖으로 나갔고, 식당 문은 잠겨졌다 한다. 알고 보니 그 사람은 동네에서 유명한 야쿠자 우두머리였다.

아버지께서는 끝까지 거부하셨다. 그는 칼을 뽑아 협박하자 아버지는 가슴을 활짝 열며 대항하셨다. 그는 칼을 휘둘리며 아버지의 옆구리 부분을 찔렀다. 그런 동시에 아버지는 그의 코를 물어뜯어 버렸다. 그의 얼굴은 피투성이가 되었고, 아버지 배에서도 피가 나와 식당 안이 난장판이 되었다. 곧이어 경찰이 와서 상황을 수습하고, 응급차가 와서 아버지는 병원에 실려 가셨다. 얼마 후 야쿠자들이 아버지를 찾아와 자기네 우두머리가 되어달라고 요청했다. 아버지는 졸지에 야쿠자 대장이 된 것이다. 한국 사람으로 야쿠자 세계에서 유명해졌다. 지금도 그 세계에서 아버지를 대장으로 인정한다고 아버지 친구분께서 자랑스럽게 얘기하셨다. 친구분께서는 계속으로 일본에 머물며, 파친코 사업으로 대성공하셨다.

동경에서 유명한 New Japan Hotel도 경영하고 계셨다. 이외에도 아버지께서 일본 유학생으로 계실 때 수많은 얘기를 해주시면서 아버지는 자랑스럽고, 큰 거인이라고 말씀하셨다. 아버지의 유학 시절 이야기로 내가 얻은 교훈은 '어떤 싸움이든 상대방의 우두머리와 싸워야 한다.'이며, '호랑이를 잡으려면 호랑이 굴 속으로 들어가야 한다.'라는 것이었다.

아버지께서는 1945년에 양영재 씨와 결혼하셨고, 자녀로 1남 1녀를 두셨다. 그는 영화계에서 많은 업적을 남겼고, 영화배우와 감독들을 많이 배출시켰다. 그래서 영화계에선 아버지를 '대부'라고 불렀다.

아버지는 항상 입버릇처럼 짧고 굵게 살겠다고 하신 말씀처럼 1975년 10월 5일에 갑작스러운 심장마비로 59세의 젊은 나이에 돌아가셨다.

어머니 양영재 씨의 삶

🖋 어머니는 1927년 6월 24일 서울서 차녀로 태어나셨다. 서울 개성여고를 졸업한 후, 일찍이 조선 예술단에 들어가셨다. 가수 김정구 씨를 비롯해 백설희, 김백희 씨 등과 함께 예술 단원으로 활동하며 배우와 가수로 활약하셨다. 1945년에 이한종 씨를 만나 결혼하셨다. 1946년 5월 16일에 8대 이창호를 낳고, 1949년 10월 3일 딸 이창선을 낳았다.

어머니는 서울 중구 초동 4번지에서 태어나셨는데, 이 주소에 대해 얘기하고자 한다.

주소에 대한 사연

　　　　⟋ 외할아버지와 외할머니는 고향인 충청도
청주에서 서울로 올라오셔서 이 장소에 처음 자리 잡기 시작했다.
그때는 일본이 한국을 통치하고 있었던 시절이었다. 외할아버지께
서는 일본인들이 살고 있는 중심가에 거주지를 잡았다.

거기에서 일본인 상대로 두부 공
장을 차리셨다. 그곳에서 딸 3명을
낳으셨고, 어머니는 둘째 딸로 태어
나셨다. 외할아버지는 부지런하셔
서 매일 아침 일찍 일어나셔서 두
부도 만들고, 동네 일대를 깨끗이

청소도 하여 일본인들에게 신용과 인정을 받으셨다고 한다.

1945년도에 일본이 항복하여 한국이 해방되었다. 일본인들은
자기 나라로 쫓겨나게 되었는데, 그때 할아버지께 자기들이 살던
집문서를 고맙다고 주고 가서 할아버지는 갑자기 부자가 되셨다고
한다. 일본인들이 주고 간 집문서 대부분은 정부에게 기증하고, 할
아버지 살던 집과 공장 옆에 있었던 집 4채만 가지셨다고 한다.

그해 아버지와 어머니께서 결혼하셨다. 두 분은 할아버지와 같이
거주했다.

6.25 한국전쟁

　　　　　　　　　✎ 1950년 6월 25일에 6.25전쟁이 났다. 그
당시 동네 안에 빨갱이들이 언론인과 경찰 그리고 군인들을 잡아
다가 총살했다. 아버지는 경향신문사에서 보도국장으로 근무하고
계셨기에 빨갱이의 눈을 피하고자 집에 숨어 계셨다.

　　　　　　　　어느 날 갑자기 동네 빨갱이들이
집으로 쳐들어와 아버지를 찾았다.
한 빨갱이가 나에게 아버지가 어디
에 숨어있느냐고 물었다. 철부지 나
는 아버지가 숨어있는 집 다락방을
손가락으로 가리켰다. 그 빨갱이가
그곳으로 가려는 순간, 할아버지에
게 신세를 진 다른 빨갱이가 들어와
서 밖에 무슨 일이 생겼다고 말하면서 그놈을 데리고 나갔다. 그 바
람에 아버지는 구사일생으로 살아나셨다.

　　결국 아버지는 식구들을 남겨두고 먼저 부산으로 도피하셨다.
우리 식구들은 아버지 부탁으로 친구 김근배 장군이 주신 트럭
을 타고 피난길에 오르게 되었다. 그러나 할아버지는 끝까지 피난
을 안 가시고 집을 지키시겠다고 고집해 남겨두고 떠날 수밖에 없
었다.

난생처음 본 깜둥이

　　🖎 지금도 생생하게 생각이 나는 것이 있다. 내 생애에 처음 보는 광경이 벌어졌다. 그것은 다름 아닌 논에 빠진 탱크 뚜껑이 열리며 사람이 나타난 것인데, 기절초풍하며 놀랐다. 처음 깜둥이를 보았던 것이다. 지금도 잊히지가 않는다.

　우리는 부산에 도착하여 피난 생활을 시작하였다. 어머니는 서울에 두고 오신 할아버지가 너무 걱정되셨다. 그래서 본인이

배우 시절부터 데리고 있던 여자아이를 데리고, 전쟁 중에 서울로 올라가셨다. 어머니가 서울에 도착하니, 이미 서울 한강 다리는 끊어졌고, 한강 모래사장에는 사체들이 쌓여있었다. 어머니는 어떻게 서울 집으로 갈 수 있는지 걱정이 태산 같았다. 그래서 생각 끝에 시체들을 밟으며, 드럼통 반쪽을 타고, 같이 간 여자아이를 데리고 한강을 건너갔다고 한다. 참으로 대단한 분이셨던 것 같다. 처녀 시절 때부터 예술 단원으로 공연하기 위해 일본을 비롯해 중국 만주와 상하이를 수없이 다녔으니 말이다. 집에 도착하니, 다행히 할아버지께서는 무사히 살아 집을 지키고 계셨다.

어머니의 사업(새마을식당)

　　　　　🖋 어머니는 전쟁 중에 서울에 들어오셔서 무엇을 해야 할까 생각하시다가 군인들을 상대로 우동을 팔겠다고 하셨다. 그 후 폐허가 된 도시에서 다시금 새롭게 시작한다는 마음으로 '새마을'이란 옥호 가지고 우동 장사를 시작하셨다. 군인들에게 소문이 났고, 많은 손님이 생겨 음식 종류도 차츰 늘려갔다. 어머니는 처녀 때부터 일본을 비롯해 동남아를 많이 가셨기 때문에 일본 음식 우동과 스키야키를 좋아했다고 한다. 그래서 먹어본 경험으로 우동과 스키야키를 만들어 팔았는데, 인기를 끌었다고 한다.

　　얼마 후 6.25전쟁이 끝이 났다. 피난민들이 다시 서울로 돌아와 자리를 잡기 시작하면서 어머니 사업체는 서울 최초 일본 외식집으로 많은 사람에게 알려졌다. 어머니의 사업이 확장되자 아버지는 신문사를 그만두고 어머니를 도와주셨다.

　　그 시절에 이승만 대통령께서 대한민국을 건국하셨다. 이승만 대통령 정부는 제대로 자리 잡지 못한 시절이었다. 많은 정부 요원들이 어머니 사업체에 출입하여 회의 장소로 사용하고, 식사도 하였다. 대통령이 계신 청와대에는 제대로 된 식당 시설이 없어 어머니 사업체를 직영 식당처럼 이용하고 있었다. 외국에서 국빈이 오시면 어머니 사업체의 주방장이 직접 청와대에 가서 음식을 준비해 주었다. 때에 따라 음식을 배달해 주기도 하였다.

어머니의 사업체는 종업원 숫자만 근 100명이 되었다. 그러기까지 어머니와 아버지께서 합심하여 열심히 일하셨다. 어머니와 아버지의 근면성실함에 관해 지금도 기억이 나는 일이 있다. 그 당시 통행금지 시간이 있었는데, 밤 12시에 시작하여 새벽 4시에 해제되었다. 어머니와 아버지는 통행금지 시간이 해제되는 4시에 일어나셔서 남대문 시장에 가서서 금방 들어온 생선들과 자료들을 직접 구매하셨다. 참으로 부지런하시고, 열심히 일하셨다.

어머니는 열심히 일하여 돈을 버셨고, 아버지께서는 그 돈으로 부동산 투자에 신경을 쓰셨다. 사업체 근처에 먼저 저택인 삼 층 집을 구매하여 살림집으로 사용하였다.

우리 식구들은 다 그 집으로 이사하였다. 집에서 사업체까지는 걸어서 20분 정도밖에 안 걸렸다. 집이 저택이라 할머니와 할아버지는 1층을 쓰셨고, 60% 정도는 아버지 영화 제작사 작업장으로 사용되었다. 2층은 아버지 사무실로 쓰고, 3층은 부모님 침실과 응접실 그리고 여동생과 내 방으로 사용되었다. 지금 생각해 보면 참으로 큰 저택이었던 것 같다.

아버지는 부동산 투자로 서울을 벗어나 인천 근처인 소사에 포도밭과 복숭아밭 그리고 산까지 넓은 대지를 구입하셨다. 우리는 여름철이 되면 별장처럼 그곳을 방문하였다. 동네에서 제일 큰 기와집으로, 평상시에는 농장 관리 책임자가 사용하다가 우리가 가면 깨끗이 청소하여 방 2개를 항상 비워놓았다. 집 마당 가운데는 우물이 있었다. 우물 안에 과일들을 집어넣고 먹으면 냉장고가 필요 없이 무척 찼다. 포도와 각종 과일 그리고 산 밤나무에 밤이 참 먹음직스러웠다. 아버지는 장래에 나를 그곳의 국회의원으로 만들려고 준비하여 사셨다 한다. 그런데 내가 미국으로 가고, 아버지께서 갑자기 심장마비로 돌아가셨다.

그 후 어머니 혼자서 새마을 운영하시다가 지배인과 전문 사기꾼의 계획해서 벌인 사기에 당하셨다. 그들은 우리 집의 모든 것을 대한 전선에게 넘겨주게 만들었다. 소사 땅과 집까지 빼앗겼으니 의문점이 너무 많다. 어머니의 실수도 있지만, 누군가의 큰 사기로 한순간에 그 많았던 재산들이 하루아침에 몽땅 사라진다는 것은 상상할 수 없는 일이다. 뒤늦게 이 사실을 안 나는 한국으로 갔지만, 이미 법적 기간이 지난 후였다. 변호사는 나를 원망하며 왜 일찍 한국으로 오지 않았냐고 책망하셨다. 한 달만 일찍 나왔으면 법적으로 찾을 수도 있었다는 것이다. 기가 막히게도 새마을 자리는 빈 땅으로 남아있었다. 내가 살았던 저택은 또 빈터로, 대한 전선의 주차장이 되어버렸다. 소사의 땅과 농장, 산, 밭들은 지금의 부천시로 변했다. 계속 가지고 있었다면 시세가 몇조가 된다고 한다. 그 엄청난 재산이 안개처럼 사라졌다.

어머니는 충격으로 절에 들어가셔서 중이 되려고 하셨다. 어머니의 불행은 여기서 끝나지 않았다. 모든 재산이 안개처럼 사라졌을 뿐 아니라 육신의 장애까지 갖게 되었다. 친구 농장에 놀러가셨다가 친구의 손자가 놀던 꼬챙이로 눈을 찔려 한쪽 눈이 실명이 되신 것이다. 이 모든 상황이 왜 우리에게 일어났는지, 도저히 이해를 할 수가 없었다.

하나님까지 원망스러워 꼭 성경에 욥기서를 접하는 것 같다. 사탄 마귀의 시험이 얼마나 무서운 것인 줄 알면서 말이다. 나는 어머니를 미국으로 모시고 오기로 했다. 나도 인간이기에 처음에는 어머니에 대한 원망도 많았다. 그러나 어머니가 많은 회개를 하시고 영락교회에 나가신다는 얘기를 듣고 다 용서하기로 했다.

어머니 미국 입국

　　　　　　✍ 어머니께서는 1985년 12월 겨울에 미국으로 들어오셨다. 어머니는 과거의 당당하고 행복했던 모습은 사라지고, 초라하고 딴 모습으로 변화되어 오셨다. 나는 우선 안과 병원부터 찾았다. Beverly Hill에 유명한 안과 병원을 찾아 가짜 눈을 만들어 끼워드렸다.

　1986년도 내가 다니던 한미교회 이진태 목사님께서 어머니께서 안수 집사로 임명하셨다. 그 이후 어머니는 열심히 하나님만 섬기시며, 교회 일에 봉사하셨다. 늘 어머니의 입에서는 찬송이 떠나지 않으셨다. 어머니께서 늘 즐기고 감사하는 마음으로 부르신 찬송가는 「이 세상에서 방황할 때」였다. 어머니는 원래 처녀 시절에 유명한 가수였으니 교회에서도 독창도 하셨고, 양로원이나 양로병원에 가셔서 이 찬송가를 수없이 부르셨다. 1992년도에는 순복음교회 최수철 목사님에게 권사로 임명을 받으셨다.

　어머니는 어린 시절에 화려한 예술 세계에 계시다가 중년에 들어와 사업으로 대성공하여 호화 생활하셨다. 그러던 어느 날 갑자기 곁에 있던 남편이 저세상으로 떠나고, 자식도 미국으로 간 후 혼자서 외롭게 지내시다 재물마저 안개처럼 사라져 버렸다. 육신의 병도 얻었으나 노년에는 아들 곁에서 주님을 영접하셨다. 남은 생애에 주님께 감사와 찬송으로 은혜를 받아, 오직 주님을 위하여 찬송으로 열심히 봉사하다 하늘나라로 가셨다.

　과거 우리 집안에는 남들이 부러워할 만큼 수많은 재물이 있었지만, 나에게 돌아온 것은 하나도 없다는 것이다. 즉 부모의 유산 말이다. 단지 아버지께서 나에게 준 것은 본인이 쓰신 참을 '인' 자 하나이고, 어머니께서 준 것은 '감사'란 말 하나뿐이다.

　이것이 나의 팔자이며, 운명이라면 감사하게 받을 것이다. 이제부터 내가 살아왔던 과정과 길을 하나씩 얘기하겠다.

어머니 양영재

나의 파란만장한 삶

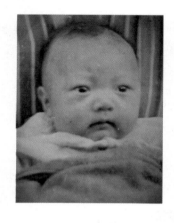 나는 1946년 5월 16일 개 띠생으로, 서울에서 아침 10시경에 태어났다고 한다. 우리 집안에 8대 독자로 태어났다고 모두가 기뻐하였다. 어머니의 병실은 꽃으로 가득 차 꽃향기가 밖까지 퍼질 정도라고 했다. 내 이름도 할아버지께서 직접 지어주시고, 이창호의 '창'은 '빛나라'는 뜻이고, '호'는 '넓게 퍼지라'는 뜻으로 말이다.

내가 4살 되던 1950년도에 6.25전쟁이 났다. 6.25전쟁이 끝나고 나는 남산국민학교에 다녔다. 국민학교 6학년이 되어 중학교에 들어가야 하는데, 담임선생님은 서울중학교를 추천하셨다. 그러나 아버지께서는 적극적으로 반대했다. 할아버지와 본인이 졸업한 배재중학교를 고집하셨다. 결국은 7대1의 경쟁률이 있는 배재중학교 시험을 보고, 입학하게 되었다. 배재중·고등학교에 다니는 동안 많은 학교 활동을 하였다. 나는 학생들의 규율을 책임지는 규율 부장을 비롯해 유도부에서 유도 부장도 하고 잠시 밴드부에 들어가서 트럼펫도 불었다. 나에게는 참으로 즐겁고 재미있었던 시절이었다.

내가 중학교 2학년 되던 해인 1960년에 4.19혁명이 났다. 아버지께서는 나에게 무슨 일이라도 생길까 봐 학교로 급히 오셔서는 내 교복을 벗기고, 집으로 데려가셨다. 집으로 가는 도중 시청 앞에는 경찰 총에 맞아 학생들이 피투성이가 되었다. 학생들은 트럭 위에서 함성과 투쟁에 열을 올리고 있었다. 그다음 해인 1961년도에는 박정희 장군이 5.16군사혁명을 일으켰다. 내가 이날을 잊어먹을 수 없는 것은 5월 16일이 내 생일이기 때문이다. 나는 6.25전쟁을 비롯해 2혁명을 다 겪은 시대의 사람이다. 이런 내가 벌써 80세를 바라보는 나이가 되었다.

학창 시절 중 기억나는 에피소드가 하나 있다. 배재중·고등학교는 기독교 학교라서 성경 공부와 함께 매년 학교 내에서 성가 합창 콘테스트를 열었다. 내가 우리 반에서 지휘자로 뽑혀 지휘를 맡게 되었다. 당시 나는 집 앞 조향록 목사님께서 담임하시는 초동 교회에 나는 성가대 단원이었는데, 성가대 지휘자에게 부탁하여 지휘하는 방법을 열심히 배워 대회에 참석하였다. 결과는 우리 반이 전교에서 우승을 했다. 우리 학년은 물론이고, 우리 반에서도 기쁨의 축제가 열렸다. 다 함께 좋아하던 모습이 지금도 눈에 선하다. 이후 나는 졸업식 예배 때에도 나가서 지휘해서 졸업 앨범에는 내 사진들이 도배할 정도로 많이 나온다.

1965년 2월 27일, 배재고등학교를 졸업하였다. 담임 선생님께서는 나에게 연세대학교를 추천하셨다. 연세대학은 기독교 대학으로 배재고등학교에서 많이들 입학하였기 때문이다. 그런데 문제가 있었다. 아버지께서 '귀한 자식일수록 타국으로 보내야 한다.'라는 할아버지의 뜻에 따라 나를 미국으로 유학해야 한다고 강요하셨다. 결국 나는 한국 대학은 포기하고, 미국 유학길에 오르게 되었다.

어린 시절 1

어린 시절 2

고등학교 시절

제2부

도전 정신을 가르쳐 준 유학 생활

미국 유학의 길

6.25전쟁이 끝난 1953년도에 이미 이모님께서는 부모님의 도움으로 미국으로 유학을 떠나 자리를 잡고 계셨다.

4월 1일 만우절에 여의도 공항에서 Northwest 비행기를 타고 출발하였다. 일본을 거쳐 미국에 처음 도착한 곳은 Seattle 공항이었다. 그날 공항 창밖에는 비가 내렸던 것이 지금도 생생히 기억난다. 공항 내에는 미국 사람의 특유한 노린내 냄새가 코를 찔렀다. 몇 시간 후 목적지인 Los Angeles 공항에 도착하였다. LA에 도착하니, 이모와 이모부께서 반가이 "Welcome to America!" 하며 마중 나오셨다. 이모부께서는 한국인 2세로, 하와이에서 태어나셨다. 이모부의 부모님은 과거 이승만 대통령과 함께 독립운동을 하셨다고 한다. 이모부는 이모를 만나 미국 California주 Gardena에 거주하시며 공항 내에 있는 Pan American Airline Cargo 책임자로 근무하셨다.

그가 거주하고 계신 Gardena는 공항에서 그리 멀지 않은 지역인데, 일본인들이 많이 거주하고 있었다. 그 이유는 과거 Gardena는 일본이 진주만 공격한 이후, 미국 정부에서 일본인들을 잡아다가 Gardena 수용소를 만들어 수용을 시켰기 때문이다. 그 이후 일본인들이 많이 거주하게 되었다고 한다. 일본인들은 이곳에 꽃밭과 정원 가게를 많이 하였다. 지금은 일본인들이 많이 사라졌고, 큰 도시로 변하여 주변 도시인 Torrance를 비롯해 산 언덕 위에는 비싼 저택으로 변했다. 아무래도 그 지역이 태평양 바다와 가까이 있어서인 것 같다. 내가 그곳에 처음 도착했을 때 기후는 상상 못 할 정도로 하늘은 그림처럼 파란색이었다.

나의 신앙

아버지 집안은 철저한 기독교 집안이다. 반면에 어머니 집안은 충청도 사람으로 철저한 불교 집안이다. 아버지께서는 결혼하신 이후, 어머니와 절도 다니시며 교회는 안 나가셨다. 어머니는 청와대 뒷산 위 절을 자주 가셨다. 절에 많은 공을 드려 종까지 만드셨다. 종에 내 이름인 이창호를 새겨 등산객들이 종을 치면 내 이름이 서울 시내로 퍼지게 말이다.

할아버지는 대부분 서당에서 한문을 배울 때, 일찍 서양 문화에 많은 관심이 있었다. 미국에서 온 아펜젤러 선교사를 만나 최초로 설립한 배재학당에 입학하셨다. 그리고 제1회 졸업생이 되셨다고 한다. 배재학당은 기독교 학교로, 성경과 서양 문화를 가르쳤던 학교였다. 할아버지는 그곳에서 성경을 배우시고, 서울 세문안교회에 장로직까지 받으셨다 한다. 나와 아버지도 같은 배재학교에서 성경 공부하고 졸업하여 기독교 교인이다.

나는 국민학교 때부터 집 앞에 있는 초동 교회에 다녔다. 그때는 교회에 가면 과자도 주고, 선물도 주어 교회에 다니기 시작했다. 교회에 안 가면 바로 교회 창문에서 친구들이 소리를 쳐 교회에 안 갈 수가 없었다. 고등학교 3학년 때 조향록 담임목사께서 나에게 세례를 주셨다. 나는 배재학교와 이화학교 중심으로 풋대 클럽을 만들어 제1회 회장이 되었다. 매주 한 번씩 교회에서 만나 친목도 하고, 성경 공부도 했다. 푯대의 뜻은 성경에서 나오는데, 어떤 목표를 향해 전진한다는 뜻이다. 내가 갑자기 미국으로 유학을 가게되니 회원들은 너무 섭섭해하고, 서운해했다. 그리고 미국에 있는 동안 회원들은 계속 편지를 보내주었다.

미국에서의 신앙생활

🖋 미국에 오니 로스앤젤레스에서 제일 오래된 한국 교회로 '나성 연합 장로교회'가 있었다. 교회 건물 옆에는 안창호 선생님의 독립회관이 자리 잡고 있었다. 이 교회는 미국 장로교 교단에 속한 교회였다. 한인 교포 2세들이 세운 교회라고 한다. 작고 빨간 벽돌로 지어놓은 교회라 아담하고 탄탄하게 보이는 교회였다. 게다가 내가 살고 있는 아파트에서 그리 멀지 않는 거리였다.

이모님의 소개로 친구 유환이를 사귀게 되었다. 그는 나와 같은 해에 미국으로 유학을 왔다. 그의 큰형은 1953년도 유학으로 오셨다. 그래서 이모님도 잘 알고 계셨다. 친구 아버지는 서울 영등포에서 국회의원으로 계셨다. 우리 부모님도 잘 알고 계신 관계였다. 그 친구가 매주 교회에 데려다주고, 나를 참으로 많이 도와주었다. 나와 친구는 성가대도 같이하고, 친구의 여자친구와도 같이 즐거운 시간을 보냈다.

우리 교회는 권희상 목사님께서 담임하셨고, 성가대 지휘자는 목사님의 동생, 작곡가 권길상 씨가 하셨다. 두 분은 나를 무척 사랑해 주셨다. 그때 당시 목사님은 참으로 고생들이 많으셨다. 주일이면 교회 일하시고, 평일이면 교인들의 어려움을 돕고, 갓 들어온 유학생들이 자리 잡을 수 있도록 도와주셨다. 시간이 나면 병원이나 형무소까지 찾아가 억울한 교포가 있으면 도와주고, 교회로 인도해 주셨다. 이것이 미국 유학 시절에 교회 생활이다.

이후 나는 잠시 한국에 돌아와 결혼을 하고 만 4년 만에 다시 미국으로 이민 왔다. 교회는 옛날에 다녔던 '나성 연합 장로 교회'에 다녔다. 권희상 목사님께서는 은퇴하시고 새로운 우상범 목사님께서 계셨다. 다행히 친구 유환이는 여자친구와 결혼을 하여 교회에서 여전히 봉사하고, 성가대에 있었다. 나는 안수 집사로 안수를 받고 집사회 회장이 되어 교회 봉사에 힘을 썼다.

신앙 간증(주님과의 첫사랑, 성령의 불)

✍ 그런데 나의 신앙에서 큰 변화가 일어났다. 교회에서 부흥회가 있었다. 이번 부흥회 기간에 꼭 예수님을 만나보겠다는 각오와 기도 속에서 하루도 빠지지 않고 부흥회에 참석하였다. 부흥 강사는 미 동부지역에서 유명한 맨발 부흥 목사 강사였다. 부흥회가 끝나는 새벽 예배에 참석했다.

설레는 마음으로 부흥사의 설교를 듣는 순간 갑자기 내 가슴에 불덩어리가 떨어지는 듯한 느낌을 받았다. 눈물과 콧물이 폭포처럼 쏟아지니 참으로 견딜 수가 없었다. 그러면서 머릿속에는 온갖 생각으로 회개가 시작되었다. 그중에 생각나는 것이 내가 학창 시절에 학교 수업을 끝나 집으로 돌아갈 때, 길거리에서 성경책을 들고 큰 소리로 외치며 전도하는 광경이었다. 그 모습을 보며 나도 기독교인이지만 '왜 저렇게 해야 하나?' 했던 생각과 여러 가지 죄를 회개하였다. 그리고 나도 이 순간에 그렇게 할 수 있다는 생각이 들었다. 기쁘고 아름다움이 내 눈앞에 펼쳐졌다. 더 참을 수 없어 예배 도중에 나왔다. 차 속에서도 계속 눈물과 콧물이 나와 옷으로 닦으며 집으로 돌아왔다. 매일 보았던 나무 잎이 그렇게 아름다워 보이고, 하늘과 자연이 이처럼 아름답게 보일 수 없었다.

그때 '성령의 불'이 내 가슴에 강타하셨던 것 같다. 그래서 '주님과의 첫사랑'을 맛본 것 같다. 지금도 그 순간을 생각하면 오직 감사

또 감사할 뿐이다. 지금은 어떠하냐 생각하면 부끄러운 따름이다.

뜻밖에 대표 기도

그날은 주일이라 주일 예배를 보러 가족과 함께 교회로 갔다. 교회에 들어서니 교회 안은 이미 꽉 들어차 있었다. 예배당 뒤편에 가족과 조용히 자리를 잡고 앉았다. 새 성전이 크게 건축되어 기념 부흥회를 한 영향 같았다. 예배는 시작이 되었다. 예배 순서에 대표 기도 시간이 되었다. 이때 큰 사건이 벌어졌다. 대표 기도는 분명히 장요섭 장로가 하기로 되어있었다. 그런데 갑자기 우상범 목사님께서 집사회 회장 이창호 집사가 나와 대표 기도를 하라는 것이다. 갑자기 일어난 일이라 나도 놀랐고, 옆에 앉아있는 식구들도 깜짝 놀랐다.

꼭 '소가 도살장에 끌려가는 심정'으로 단상에 올라갔다. 단상 위 마이크 앞에 섰다. 내 머릿속에는 아무 생각 없이 제로 상태가 되었다. 잠시 동안 침묵의 시간이 흘렀다. 장내는 아주 조용히 나의 기도를 기다리고 있었다. 그런데 기도의 순서를 벗어나 나의 입에서는 갑자기 큰 소리로 "할렐루야!" 하는 소리가 나왔다. 동시에 내 귓전에서는 "아멘!" 소리가 터져 나왔다. 그리고 내가 무슨 기도를 했는지 전혀 기억이 안 나고 기도가 끝났다. 내가 남들보다 목소리가 큰 편이다. 마이크 앞에서 크게 외쳤으니 상상해 보길 바란다.

기도를 마치고 자리에 돌아왔다. 부흥 강사가 본인이 여러 교회에 부흥 강사로 다녔지만, 오늘 같은 대표 기도는 처음이라고 하셨다. 본인이 은혜를 많이 받았다는 것이다. 예배가 끝나고 나오면서 많은 교인을 비롯해 권사님, 장로님이 오셔서 나에게 은혜 많이 받았다고 칭찬을 하시고 갔다. 나는 그때 당시 내가 무슨 기도를 했는지 지금도 전혀 생각이 안 난다.

한미 교회

　　🖎 얼마 전에 새 성전 신축 문제로 나의 친구 유환이가 다른 교회로 갔다. 너무 허전하고 섭섭했다. 그래서 얼마 후 유환이 간 한미 교회에 방문했다. 담임 목사는 이진태 목사님이다. 구약 성경 박사로 알려진 유명 목사님이시다.

감리교 권사 임명패

　　고민 끝에 내가 존경하는 장요섭 장로님과 함께 '한미 교회'로 옮겨 갔다. 장요섭 장로는 나에게 성경 공부도 가르쳐 주셨다. 한국의 Korea Academy(C-CC)의 교제로 성경 공부를 했다. 1974년도 성경 통신 대학까지 연결해, 성경 통신 대학을 졸업하였다. 그런데 어느 날, 나에게 큰 마귀의 시험이 닥쳐왔다. 이진태 목사님께서 나를 무척 아끼고, 사랑하셨다. 구역장을 비롯해 집사회 회장까지 시키셨다. 그리고 이진태 목사님께서 나를 장로로 피택하셨다. 임직식을 하는데 나에게 큰 시험이 닥쳤다. 교회를 떠날 수밖에 없는 '운명의 길'이 되었다. 자세한 이야기는 후에 소개하겠다.

그 이후 교회를 특별히 정하지 못하고 있었다. 엄한광 장로를 통해 천광 한의원 조영환 원장을 알게 되었다. 그와 종씨인 조석환 목사님께서 담임하시는 '나성 영광 교회'에 다녔다. 1999년 1월 10일에 조영환 씨와 같이 권사 임명을 받았다. 감리교에서는 장로를 권사라고 한다. 장로 교회에서는 여성분들을 권사라고 하는데 말이다. 나성 영광 교회는 감리교회 제단이다. 내가 졸업한 배재고등학교도 감리교 아펜젤러 선교사가 설립한 학교이다. 갑자기 조영환 장로가 한국으로 귀국하셨다. 나 혼자서 교회를 책임지기가 너무 힘이 들어 교회에서 떠날 수밖에 없었다.

나는 조용히 '삼성교회'에 다녔다. 삼성교회에는 많은 문제점이 있었다. 또다시 '은혜 한인 교회'로 옮겨 다녔다. 배재 동창인 남상국 목사님께서 글로벌 내 교회를 개척하셨다. 2021년 9월 24일에 남상국 목사께서 '장로직'을 나에게 임명하셨다. 이 교회는 장로 교단이다.

나의 유학 생활

내 나이 만 19살에 미국으로 유학을 왔다. 유학을 한 만 3년이란 세월 동안 '삶의 진리와 원칙'을 알게 되었다. 인생을 살아가려면 '신용(인간과 금전 관계)과 경험'이 많아야 한다는 것이다. 그것을 하기 위해 '노력과 진실'이 있어야 한다는 것이다. 내가 가지고 있다고 자신 있게 얘기할 수 있는 것은 '자립과 도전' 정신이다. 아마 이 정신은 부모님이 물려주신 나의 DNA에 있는 거 같은데, 나의 후손들에게도 그렇게 되었으면 좋겠다.

내가 미국에 들어오기 전에 아버지는 나에게 꼭 전하고 싶다며 이 얘기를 하셨다. "이제 너가 미국에 들어가면 미국 사람이 되겠지만, 내가 하는 말을 꼭 기억하라. 너의 눈동자 색깔은 변할 수 없고, 조상의 뿌리를 잊지 말라."라는 말씀이었다. 지금도 내 머릿속에는 그 말씀이 남아있다.

나는 미국 Los Angles 공항에 도착하였다. 이모부와 이모님께서 반갑게 환영하였다. 공항에서 그리 멀지 않은 지역 Gardena 집으로 데리고 갔다. 집에 도착하니 어린 사촌 동생 Chuck와 친척들이 기다리고 있었다. 조용하고 깨끗하게 꾸며진 동네였다. 정원에는 과일나무와 이모부께서 만든 연못도 있었다. 이모부는 한인 하와이 2세이고, 아주 가정적이며 조용하신 편이다.

대학을 입학하기 위해 여러 학교를 알아보았다. LA Down Town 근처에 USC 사립 대학에 관심이 많았다. 명문 대학으로, 유학생에 게는 등록금이 만만치가 않았다. 여러 학교를 알아본 결과, 근처에 있는 Woodbury College에 일단 들어갔다. 나중에 USC로 가기로 계획을 세웠다. 나는 건축학을 공부하고 싶었는데 건축학도 있고 해서 말이다. 이 학교에 다닐 때는 LA Down Town 근처에 자리 잡 은 College였다. 지금은 종합 대학으로 Burbank 지역으로 이사했다.

　　나는 이모님 집에서 나와 학교 근처인 LA. Olympic과 Hoover 지 역으로 이사하였다. 그곳은 교통도 편하고, 한인 유학생들이 많이 거주하고 있었다. 학교도 버스로 갈 수 있었다. 친구 유환이 집하고 도 그리 멀지 않았다.

내가 살던 아파트

🖋 내가 살았던 아파트는 3층짜리 오래된 건물이었다. 주로 백인 노인들이 많이 거주하고 있었다. 처음 건물에 들어가니 백인 노인 냄새가 코를 찔렸지만 살다 보니 차차 사라졌다. 내가 사는 아파트는 원룸이어서 간단한 식기만 필요했다. 응접실 한쪽 벽에서 침대가 나오고, 조그만 화장실 있고, 부엌에 냉장고가 있고, Sofa set가 있었다. 아파트 엘리베이터는 반 수동식이라 손으로 직접 운전해야 했다. 그래도 Rent 값은 매달 65불씩 지불했다. 그 당시 보통 1 Bed Room 아파트는 120불 정도 했다.

나는 자주 지붕 옥상에 올라가서 공부를 했었다. 내가 그렇게 생활할 수 있었던 것은 매달 이모님께서 우리 부모님을 통해 200불씩 생활비를 지원했고, 학비는 별도로 주셨기 때문이다. 그때 당시에는 많은 유학생이 학비와 생활비를 벌기 위해 식당에서 접시 닦기 일이나 밤일들을 해야 했으나 나는 그래도 그런 일들을 안 하고 빨리 졸업하기 위해 열심히 공부만 했으면 됐으니 참으로 행운아였다.

유학생들의 사연

유학생들이 모이면 여러 가지 사연들이 많이 있다. 그중에서 재밌는 사연 하나는 한 선배 부부의 얘기다. 선배는 주말이면 집칠을 했다. 어느날 선배는 집칠을 열심히 하고 있었다. 여학생이 지나가며 "겨우 칠장이야?"라고 했다. 그 선배는 좀 창피했다. 일을 마치고 식당에 들어가 식사 주문을 하려고 보니, 아까 자기에게 말했던 그 아가씨가 서있다는 것이다. 선배는 아가씨에게 "겨우 식당에서 일해?" 하며 웃었다. 그 인연이 되어 부부가 되었다.

유학생들이 모이면 여러 자기 얘기들 한다. 자기들이 고국에서 유학을 떠날 때 식구들과 친지들이 공항에 나와 환영을 받고 왔는데 지금은 식당에서 손 위에 쟁반을 놓고 음식물 나르는 신세가 되었다고 한탄한다. 그 원인이 자기가 비행기에 오를 때, 겨울철이라 바람이 너무 불어 손바닥을 하늘을 향해 흔들어서 지금 연필 대신 쟁반이 자기의 손 위에서 흔들고 있다며 우스갯소리를 하기도 한다. 아무튼 그때 유학생들은 참으로 고생이 많았다.

대학 입학

　　🖋 내가 처음 대학에 입학하고 나서 언어 문제로 고생이 많았다. 특히 내 전공과목 시간에는 교수의 강의할 때, 도저히 알아듣기가 힘들었다. 온 정신과 신경을 써서 들어야 했다. 나에게 큰 어려움의 시간이 왔다. 교수가 갑자기 나에게 질문을 하셨던 것이다. 나는 무안의 웃음으로 대답할 수밖에 없었다. 무척 창피하였다. 내 근처에 한 백인 학생이 다른 학생들에게 동양놈이 무식하고, 바보라고 조롱을 했다. 나는 그 얘기를 듣는 순간 참을 수가 없었다. 벌떡 일어나 큰 소리로 외쳤다. 내가 너희 나라에 와서 배우려고 노력하는데, 왜 흉을 보느냐고 말했다. 잠시 후 수업이 끝나고 교수님께서는 나에게 오셔서 좀 더 너에게 신경을 써주겠다고 하셨다.

　　그 일로 인해 소문이 퍼졌다. 그때 당시 중국 무술 배우 Blurs Lee가 유명했다. 나도 한창나이다. 키는 5 feet 10이고, 몸무게는 200 Pound가 넘었다. 중학교 때부터 고등학교 졸업할 때까지 유도를 배워 Black Belt였고, 일본 당수도 했기 때문에 3명 정도와 싸워도 감당할 수 있었다. 백인에게 정식으로 싸움을 요청했다. 나는 싸움하기 전에 유도 Black Belt라며, 사진과 증명증을 보여주었다. 그는 기가 죽었는지 자기가 잘못했다고 용서를 빌었다. 그 후로 여학생들이 나를 좋아하는지, 학업 시간이면 내 옆에 앉으려고 야단이었다. 그들은 나에게 젊은 사자라는 뜻의 '리오(RIO)'라고 불러주었다. 이창호 이름에서 '창' 자를 뺀 '리호'를 써서 말이다.

우리 반에는 나 혼자만 동양 학생이었다. 얼마 후, 똑같은 일이 생겼다. 이 교수는 영국식 발음했기 때문에 더 알아듣기가 힘들었다. 그때 내 옆에 있던 여학생이 소리치며 교수에게 천천히 물어보라고 항의했다. 교수는 천천히 나에게 질문했다. 다행히 그가 한 질문에 답할 수가 있었다. 그 후 여학생은 나를 계속 도와주고, 비서처럼 필기도 해주며 가르쳐 주었다. 시험 때면 특히 더 관심을 두고 말이다.

대학 시절

여자친구

우리는 사귀게 되었다. 여자친구의 아버지는 독일 사람이며, 어머니는 미국 사람이다. 내가 자기 아버지처럼 든든하고 강해서 좋다고 했다. 여자친구의 이름은 Elizabeth Joyce이다. 어느 날 여자친구가 자기 집에 나를 초대하였다. 부모님께 소개하고, 함께 저녁 식사를 했다. 부모님은 나에 대해 여러 가지를 물었다. 나의 부모님에 대해 관심이 많았던 것 같았고, 나를 무척 좋아하는 느낌을 받았다. 그때 내 머릿속에는 미국에 들어오기 전, 아버지께서 나에게 하신 말씀이 떠올랐다. 여자친구는 이름처럼 참으로 명랑하고, 미인이었다. 학교 남학생들이 여자친구를 보면 침을 흘릴 정도였다. 여자친구는 나를 무척 좋아하고 사랑하는 것 같았다.

나는 고민거리가 생겼다. 여자친구는 졸업하고 나에게 정식으로 결혼하자고 했다. 나는 너무 당황해서 어떻게 해야 할지 몰랐다. 한국에 가 부모님께 허락을 받아야 한다고 대답했다. 그리고 나는 USC에서 더 공부하고 싶었다. 1968년도에 대학을 졸업하고 이모 집에서 출국 준비를 하고 있었다. 그런데 떠나기 전날 그녀에게 전화가 왔다. 자기하고 하루만 지내자고 간절히 바랐다. 여자친구는 택시를 이모님 집으로 보냈다. 자기가 사는 L.A. 다운 타운 아파트로 오라고 말이다. 지금 생각해 보면 여자친구는 나를 무척 사랑한 것 같다. 여자친구는 자기와 하룻밤을 같이 있길 간절히 원했다. 그런데 나는 같이 자면 내 기분에 꼭 아이가 생길 것 같다. 그 순간 아버지의 말씀이 생각났다. 나는 여자 친구에게 약속했다. 내가 한국에 나가 부모님의 허락을 받고 미국에 다시 돌아오면 당신하고 결혼하겠다고 했다. 여자친구는 아쉬운 마음으로 나를 보내주며 기다리겠다고 하며 내일 공항에는 못 나갈 것 같다고 말했다.

나는 늦게 이모 집으로 돌아왔다. 그다음 날 이모 가족과 교회 목사님 그리고 친구들까지 공항에 나왔다. 탑승할 무렵 갑자기 여자친구가 나타나 나에게 급히 달려왔다. 그리고 나에게 강렬한 키스를 했다. 그 바람에 주위 사람들에게 인사도 못 하고 비행기 안으로 급히 들어갔다. 그것이 그녀와의 마지막 인연이었다.

위스키가 든 아이스크림 사건

🦶 어느 여름날, 학교 수업 시간이 중간에 비었다. 학교 근처 L.A. 다운타운에 가 점심 식사도 하고, Windows Shopping으로 시간을 보냈다. 길을 가다가 우연히 아이스크림 Shop 앞에 Sample을 보았다. 컵 안에 맛있게 생긴 아이스크림이 담겨있었다. 호기심에 주문하여 맛있게 먹었다. 컵 안에는 아이스크림만 있는 것이 아니라, 달콤한 위스키가 섞여있는 것을 전혀 모르고 먹었다. 나는 술을 잘 못 한다. 학교로 돌아가니 얼굴은 대낮에 빨개지고, 약간씩 어지러워졌다.

그 상태로 수업에 들어갔다. 학생들과 교수가 수업 시간에 무슨 일이 있었느냐 물었다. 나는 모든 얘기를 했다. 교실 안이 웃음바다가 되어버렸다. 교수는 나보고 책상에 엎드려 자라고 하셨다.

한인 교포 행사

　　　　　🖋 60년대에는 남가주에 교포와 유학생이 1
년 중 제일 기다리는 행사가 있었는데, 바로 Long Beach에서 열리
는 Miss America 대회였다. 한국에서 Miss Korea가 오기 때문이다.
Miss Korea가 오면 영사관과 한인 2세가 주체로 환영 파티를 열어
주었다. 나는 항상 얘기만 듣고 참석하지 못했다. 시간도 그렇고, 파
티 입장료가 너무 부담이 되었기 때문이다. 어느 날 나와 가까이 지
내던 친구 Alex Han이 집에 찾아왔다. 그때 학교 시험이 막 끝나고
쉬고 있을 때였다.

　친구 Alex Han을 소개한다. 그는 나보다 5살이 연상이다. 부모님
께서는 서울 동대문서 쌀 도매상을 크게 하셨다. 친구 Alex Han은
유명한 여배우 주연 씨와 결혼을 하였다. 결혼할 당시 나에게 함을
져달라고 부탁했다. 그때 나는 Alex Han보다 먼저 결혼을 해 딸이
있었다. 딸이 있는데 어떻게 함을 질 수 있느냐고 거절했다. 그러나
그가 계속 고집하여 결국 나는 함을 지게 되었다.
　주연 씨 집에 가 추억에 남는 일이 많았다. 지금은 San Francisco
지역에서 살고 계시다. 사업도 성공하시고, 상공인회 회장도 하셨
다. 참으로 멋있고, 유학 시절에 친한 친구였다.

미스 스웨덴과 춤춘 사건

　　　🖋 내 친구 Mr. Alex Han은 나보다 키도 크고, 항상 멋쟁이다. 새로 나온 인기 있는 새 차 Mustang을 타고 있었다. 나에겐 차가 없었다. 한국에서 부모님께서 차를 사라고 5천 불을 보내주셨다. 그 돈은 Bank of America에 예금해 두었다. 차가 있으면 공부보다 친구들과 자주 어울려야 하기도 하고, 기름값과 보험료도 만만치 않기 때문이다.

　다시 Miss. Korea 환영 파티로 돌아간다. 행사장은 LA 공항 앞에 있는 international Hotel였다. 우리가 행사장에 도착하니 이미 많은 사람이 와있었다. 행사장 홀 앞자리에 높게 단상이 차려져 있었고, 그 밑에 식탁 테이블들이 있었다. 그리고 단상 앞에 춤을 출 수 있는 공간이 있었다. 유학생들은 Miss. Korea와 춤을 추려고 앞자리에 선호한다. 우리 두 사람은 운이 좋게 앞자리에 앉게 되었다.

　행사가 시작되었다. 총영사께서 단상에 계신 인사들을 소개하였다. 총영사 옆에 오늘의 주인공 Miss. Korea가 앉았다. 그녀 옆에 오늘의 특별 손님으로 같은 Room Mate인 Miss. Sweden 그리고 그녀의 보조원이 앉았다. 다른 편은 한인 사회 인사들과 한인 2세들이었다. 총영사의 축하 인사가 끝났다. 그리고 순서에 맞추어 행사가 진행이 되었다. 유학생들은 그것에는 관심이 없다. 오직 Miss. Korea와 춤추기를 손꼽아 기다릴 뿐이다.

마침내 행사 순서가 끝났다. 식사 시간이 되자 Miss. Korea가 나와 부채춤을 추었다. Miss. Kore는 실수로 부채가 찢어졌으나 끝까지 춤을 추었다. Miss. Korea가 자리에 앉자 재빨리 한 학생이 단상에 올라가 Miss, Korea에게 춤을 신청했다. Miss. Korea는 피곤한 몸으로 홀로 끌려 나왔다. 이 학생은 욕심으로 Miss. Korea를 놓아주지 않았다. 무려 2곡이나 추었다. 그는 유학을 포기하고 이민국에서 잡으려는 도망 건달 놈이었다. 그 당시 그런 놈들이 많았다. 다른 유학생이 Miss. Korea에게 춤을 추자면 피곤해서 머리를 흔들었다. 나는 포기하고 가만히 앉아있었다. Miss. Korea가 불쌍해 보였다. 아까 부채춤도 생각이 나서 말이다.

단상으로 두 사람이 올라가 Miss. Sweden 앞에 서 춤추기를 요청하는 듯 보였다. Miss. Sweden은 머리를 흔들며 거절당하고 있는 것 같다. 두 사람은 허탈한 모습으로 단상에서 내려올 수밖에 없었다. 자세히 보니, 이모부 친구와 아들이다. 나는 화가 났다. 벌떡 일어나 당당하게 단상으로 올라가 Miss. Sweden의 어깨를 툭툭 쳤다. Miss. Sweden은 내 얼굴을 쳐다보았다. 나는 Miss. Sweden에게 춤을 추겠느냐고 물어보았다. 그런데 Miss. Sweden 입에서 "슈어." 하고 대답이 나왔다. 나는 홧김에 단상에 올라갔지만 춤을 잘 추는 편이 아니다. 춤을 정식으로 배운 적도 없다. 학교에서 파티가 있을 때 Two Step으로 왔다 갔다 하는 편이다. 그리고 정신을 차리고 보니 문제는 그것만이 아니었다. 그녀의 복장은 그 당시 유행한 미니스커트에 젖가슴이 다 보일 정도로 깊이 파진 짧은 드레스를 입고 있었다.

단상을 내려오니, 음악이 중단되었다. 모든 사람은 다 제자리로 들어갔다. 그리고 나와 그녀만이 남아 춤을 추게 만들었다. 그날의 특별 손님이니까 대접하려고 그런지 모른다. Two step Blues 음악이 나왔다. 나는 에라 모르겠다 하는 마음으로 춤을 추었다. 그녀는 날 놀려주듯이 계속 내 품속으로 파고들며 춤을 추었다. 어떻게 시간이 흘렀는지 음악이 끝났다. 함성과 박수 소리가 홀을 흔들었다. 나는 정신을 차리고, 그녀를 자리까지 데리고 갔다. 그리고 내 자리에 돌아와서 웨이터를 불러 그녀가 마시고 있는 음료수를 시켜주었다. 그녀는 음료수를 받으며 고맙다는 표시로 나를 향에 잔을 들어주었다.

그때 한 백인 노인 부부가 내 Table에 와 자기 평생에 이렇게 황홀하게 춤추는 모습을 처음이라고 칭찬을 했다. 나는 얼굴을 어디에 두려워야 할지 창피스럽기도 했다. 그런데 내 친구가 그녀의 Table을 쳐다보라고 했다. 단상을 쳐다보니 Miss. Sweden 보조원이 눈짓으로 나를 가리키며 오라는 신호를 주고 있었다. 다시 단상으로 올라갔다. 그녀는 일어나 나를 데리고 나가려고 했다. 나는 춤을 추자는 줄 알고 춤추는 홀로 데리고 나왔다. 음악이 그때 당시에 유행했던 투이스트 음악이 크게 울려퍼졌다. 그녀는 나에게 계속 무엇인가를 물어보는데 음악 소리에 잘 들리지가 않았다. 친구는 그녀에게 너의 전화번호를 전해주었느냐 물었다. 그때 갑자기 아버지의 말씀이 떠올랐다. 나는 더 이상 그 자리에 앉아있을 수가 없었다. 그래서 친구에게 집으로 가자고 요청했다. 친구는 불만한 표정으로 나를 바라보았다. 지금 같으면 한인 신문에 '유학생과 Miss. Sweden'이라는 기사가 나왔을 것이다.

총영사와 만남

나는 얼마 후에 여권 문제로 영사관을 방문했다. 나를 본 총영사께서 나오시며 반갑게 맞이해 주셨다. 총영사는 그때 일을 기억하고 말씀하셨다. 자네 같은 대한민국 청년이 있다는 것에 아주 자부심이 있다며 기분이 좋으셨다고 말씀하셨다. 그 이후 본인의 집에 초청하여 식구들도 소개하였다. 저녁 식사도 같이하면서 한국에 귀국할 때까지 나를 무척 귀여워하셨다. 그분은 안 총영사이며, 아쉽게도 이름은 잘 기억이 안 난다.

월남 전쟁

🖋 그 당시는 한창 월남 전쟁이 한참 진행되고 있을 때다. 학교 교내에서도 학도 호국단을 받았다. 군대에 입대를 환영했다. 군대에 입대하면 훈련을 받고, 소위 장교가 되었다. 미국 시민권도 받을 수 있어, 많은 유학생이 관심을 보였다. 당시 유학생들은 학생 비자로 I-20 form에 너무 시달렸고, 이민국에 쫓겨 다니는 학생들이 많았다. 학생 비자 신분에서 벗어날 길은 오직 미국 군대에 입대하거나 미국 여자하고 결혼해야 했다. 유학생들은 그 길들을 선택했다.

나도 군대에 들어가고 싶었다. 시민권을 받고 싶었기 때문이다. 그리고 미국 시민권을 받으면 미 정보기관인 CIA에 들어가고 싶었다. 그래서 신청하려고 작심을 했다. 그런데 "너는 우리 집안에 8대 독자."라는 아버지의 말씀이 생각이 났다. 사실 내가 미국에 일찍 들어온 것도 8대 독자라 병력을 면제받았기 때문이었다. 그런데 미국에 와서 군대에 들어가 생명을 바칠 수가 있나 하는 생각이 들어 포기하고 말았다.

이런 것이 내가 유학하는 동안 잊지 못할 추억들 같다. 유학 생활에서 미국이란 나라를 생각해 본다. 미국은 '선조들이 청도교인으로 미국을 개척하여 기독교 정신으로 자주독립 국가로 이룬 합중국'이다. 기독교 정신이 바탕으로 '개척과 헌법'으로 뭉친 나라다. 즉 법 하나로 뭉쳐 살고 있다는 것이다. 미국 자체를 비롯해 전 세계에 민주화 자유로 '개척과 희생'이 투철한 나라다. 대한민국을 비롯해 타국의 자유를 위해 지원과 보호해 주고 있지 않은가?

나는 유학 생활에서 학문적인 것보다 이런 이념적 교육과 철학을 배웠고, 이것이 내 인생에 기반이 되었던 같다. 독립심으로 '개발과 도전 정신' 말이다. 미국은 오뚝이처럼 쓰러져도 다시 일어날  수 있는 '힘과 정신'과 거기에 '정직과 투철한 이념'을 가르쳐 주었고, '경험과 신용(인간과 금전 관계)'을 철저히 가르쳐 주었다. 나는 정말로 미국을 사랑하며, 감사히 생각한다.

제3부

개척 정신으로
버텨낸 시간 1

고국에 가고 싶은 원인

　　　🖋 내가 빨리 2년제 대학을 마치고 고국으로 돌아가려 했던 이유는 무엇인가? 그것은 학생 비자가 너무 싫어 영주권을 받고 싶었기 때문이다. 공부를 더 하고 미국에서 영주하겠다는 생각이었다. 내가 미국에 들어올 무렵에 여동생의 소개로 알게 된 여자친구가 있었다. 나는 여자친구와 미국에 있는 동안 서로 편지를 나누었다. 여자친구 집안이 갑자기 파산이 되어 학업을 중단해야 될 입장이었다. 어머니께서 그 소식을 듣고, 계속적으로 등록금 주어 대학을 졸업할 수 있었다. 여자친구의 전공은 가정과 영양학이었다. 졸업 후, 영양사 면허증까지 딴 상태였다. 한국에 나가 혼인신고를 하고 영양사로 같이 들어온다는 생각이었다. 그때 당시에는 오직 의사나 간호사, 영양사만 미국에 이민으로 들어올 수 있었다. 나는 유학 생활이 너무 외롭고, 혼자가 싫었다.

심적 고통과 갈등

          내가 공항에 도착하니 날씨가 쌀쌀하였다. 나의 마음속에 무엇인가 기분이 불편하고, 먹구름이 몰려오는 것 같다. 부모님은 내가 미국으로 들어갈 때와 달리 떨어져 나를 마중했다. 어머니 옆에는 여자친구가 있었다. 집까지 오는 중에 무슨 문제가 생겼냐 물었다. 두 분은 떨어져 별고하고 계셨다. 미국에 있을 때, 여자친구가 편지로 알려줘서 알고 있었지만, 이렇게 심각한 줄은 몰랐다. 나는 내가 살던 집으로 못 가고, 어머니가 계신 집으로 갔다. 내가 살던 집에는 아버지와 여동생이 살고 있다고 한다. 왜 이렇게 되었는지 도저히 이해할 수 없는 상황이었다. 아버지는 새마을 식당을 운영하시면서 저택에서 여동생과 같이 살고 계신 것이다. 정말로 왜 고국에 돌아왔을까 후회가 날 지경이다. 이 모든 상황을 지금도 기억하고 싶지 않다.

  나는 여자친구와 혼인신고를 하여 바로 미국으로 들어갈 생각만 할 뿐이다. 내가 미국에 있는 몇 년 동안 한국에서는 많은 변화가 일어났다. 모든 환경이 딴 나라에 와있는 것 같다. 내 머릿속은 이 모든 것들을 감당하기가 너무 힘이 들 지경이었다. 부모님을 비롯해 모든 사람이 가짜 같았다. 꼭 무대 위에서 연극들 하고 있는 것 같았다. 참으로 견디기가 힘이든 시간이었다.

  정신적인 충격도 너무 컸다. 하루는 집 식구들 몰래 간단한 짐을

싸 가지고, 변두리 산 동네 꼭대기에 방 하나를 빌렸다. 하숙을 하며 절에서 도를 닦은 기분으로 마음의 정리와 수양을 하고 싶었다. 며칠 후 여자친구에게 전화를 하였다. 집에서는 내가 자살했거나 실종되었는 줄 알고 경찰에 신고하고 야단이 났었던 모양이다. 여자친구가 내 전화를 받고 바로 부모님께 알려드렸다. 그리고 나를 찾아와 집으로 데리고 갔다.

이민 수속과 혼인신고

🖋 결단의 시간이 왔다. 내가 과연 고국에서 살아야 하나 다시 미국으로 들어가야 하나 말이다. 나에게는 참으로 감당하기가 힘든 현실이었다. 어린 나이에 일찍 고국을 떠나 유학 생활로 열심히 공부하고 고국에 돌아왔다. 우리 집안은 파탄이 나고, 먹구름이 잔뜩 끼어있으니 말이다. 나는 생각에 생각 끝에 미국으로 다시 들어가기로 결심했다. 제일 먼저 내가 계획했던, 이민으로 가는 방법을 선택했다. 그러기 위해 여자친구의 협조와 혼인신고가 필요했다. 영양사 케이스로 가야 하니까.

여자친구에게 의견을 물어보았다. 여자친구도 미국에 가길 원했다. 그러기 위해 혼인신고와 영양사 면허증 수속이 필요했다. 문제는 내 나이가 겨우 22살밖에 안 되어 혼자서 혼인신고를 할 수 없는 나이였다. 부모님의 허락서가 필요했다. 어머니는 이해하셨지만, 아버지께서는 여자친구를 안 좋아하셨다. 절대적으로 반대하셨다. 내가 미국에 있을 때 어머니 옆에 바짝 붙어서 며느리같이 한 것이 아버지의 눈에 참으로 거슬렸던 것이다. 아버지께서는 여자친구가 우리 집이 부자라서 그런 것이라고 판단하였기 때문이다. 아버지의 허락 없이는 안 되니, 문제가 생겼다. 어머니가 아버지의 도장을 훔쳐 서류에 도장을 찍어 결혼 허락서를 만들어 주셨다.

여자친구 부모님의 허락도 받고, 허락서를 만들어야 했다. 여자

친구 집에서도 내가 어린 나이에 결혼을 해 아버지가 반대하셨다. 그런데 할머니께서 이 얘기를 듣고, 호기심이 생기셨는지 나를 한 번 집으로 초대하라고 하셨다. 그 집안은 할머니에게 주도권과 결제권이 있었다. 날짜를 정하여 찾아뵙기로 했다. 할머니께 드릴 선물을 무엇으로 사 가지고 가나 생각했다. 생각 끝에 집 근처 시장서 산 닭 암컷과 수컷 두 마리를 사 가지고 찾아뵈었다. 집에 도착하니 친척부터 온 식구들이 날 보려고 기다리고 있었다. 단 그녀의 아버지는 안 보였다. 할머니께서는 나의 얼굴을 한참 보시고 왜 닭을 사왔느냐 물으셨다. 나는 할머니께 닭에서 난 알로 몸 보신하시라고 말씀드렸다. 할머니께서는 모인 식구들을 다 돌려보냈다. 그리고 식사 대접을 해주시며 환대해 주셨다. 나중에 들은 얘기지만, 할머니께서 첫눈에 나를 좋게 보셨다고 한다.

그다음 날에 여자친구의 아버지께서 만나자고 연락이 왔다. 여자친구 아버지와 명동에 있는 Coffee Shop에서 단둘이 만나 뵙게 되었다. 아버지께서는 여러 말씀 안 하시고, 결혼 허락서에 도장을 찍어주셨다. 그리고 잘 살라고 말씀하셨다.

혼인신고와 초라한 결혼식

나는 바로 혼인신고를 신청했다. 얼마 후 혼인신고서가 발급되었다. 혼인신고가 되었으니 그날부터 우리는 법적 부부가 되었다. 아버지에게는 모르는 사실이었기에 마음의 자책감이 들었지만, 나에게 그럴 수밖에 없었다. 이 모든 환경에서 하루빨리 도피하고 싶은 심정일 뿐이었기 때문이다.

그날 제일 먼저 내가 다녔던 초동 교회에 집사람과 찾아갔다. 조향록 목사님께서는 벌써 우리 집의 소식을 다 알고 계셨다. 나는 지금의 내 심정과 입장을 상세히 말씀드렸다. 조향록 목사님께서는 내 손을 꼭 잡으시며 용기와 위로의 말씀을 하셨다. 목사님께 집사람하고 오늘 혼인신고를 했으니 교회에서 간단하게 결혼식을 하고 싶다고 했다. 목사님 부부와 전도사, 우리 두 사람, 모두 5명이 큰 교회 예배당에서 초라하게 결혼식을 올렸다. 집사람에게 이날을 기억하며, 성대히 다시 결혼식을 할 것이라고 위로했다.

이민 신청 미국과 캐나다

　　 ✎ 그다음 본격적으로 이민 수속을 하였다. 미 대사관을 찾아가 수속 절차에 필요한 자료와 서류들을 받아왔다. 내 생각보다 무척 까다롭고 시간이 많이 필요했다. 나는 미국 이민은 일단 중지하고 캐나다 이민을 알아보니 훨씬 간단하고, 절차도 그렇게 까다롭지 않았다. 계획을 바꾸어 먼저 캐나다에 들어가 있다가 미국으로 가는 방향으로 생각했다. 그때 캐나다 총영사관은 한국에 없었다. 일본에 있으며 모든 이민 서류만 한국에서 접수하고 신청할 수 있었다.

　　얼마 후 서류 심사에서 허가를 받게 되었다. 나와 집사람의 여권도 나왔다. 하나님께 기뻐하며 감사드렸다. 어머니께 보여드렸다. 어머니는 어찌 된 일인지 기뻐하시기는커녕 기절하셨다. 나는 너무 놀라고, 뜻밖의 일이라 병원 응급실로 모시고 갔다. 얼마 후 어머니는 깨어나셔서 그동안 어머니께서 참고 숨겨둔 얘기를 하시며 눈물까지 보이셨다. "이제 네가 미국으로 다시 들어가면 영원히 이별이 될 것이다. 현재의 현실이 본인에게는 너무 감당하기가 힘들다"는 것이었다.

　　나에게는 뜻밖에 일이 일어난 것이다. 이민을 간다는 신념으로 혼인신고와 결혼식도 서둘러 했다. 신발이 닳도록 뛰어다니며 이민 비자도 받고, 여권까지 받았는데 어머니께서 이렇게 말씀하시니 정말로 고민이 되었다. 어머니의 말씀대로 이번에 고국을 떠나면 영영 돌아오지 않으려고 했다. 한편으로 어머니가 너무 불쌍하지만, 지금의 현실이 너무 감당하기가 힘들었다. 며칠 동안 고민하고 집사람에게 상의했다. 집사람은 이민 준비가 다 된 상태에서 포기하려니 힘이 들어 망설였다. 그리고 나의 결정에 맡기겠다 한다. 내가 미국서 배운 것이 삶의 목표와 철학이 '개척과 도전 정신'인데, 한국 땅에서 왜 못 하겠는가 하는 각오가 생겼다.

이민 포기

           나는 어머니 앞에서 어렵게 얻는 이민 비자와 여권을 찢어버렸다. 그 광경을 본 어머니가 또 쓰러지셨다. 식구들이 어머니께 물을 마시게 해 정신을 차리셨다. 단, 조건이 있다며 어머니께 부탁드렸다. 그 부탁은 사업을 하겠다는 것이었다. 그리고 시작할 수 있는 자본을 지원해 달라고 부탁드렸다. 어머니께서는 동의하셨다.

나의 첫 사업, Supermarket

⟍ 어머니는 일찍부터 사회생활을 하셔서 새
마을이란 사업으로 성공하신 분이다. 그래서 좋은 아이디어를 가
지고 계실 것을 믿고 부탁드렸다. 어머니는 며칠 후에 나에게 Mar-
ket Business가 어떠하냐 물으셨다. 왜냐하면, Market Business는
온갖 사람들을 상대로 할 수 있는 사업이니까. 난 곰곰이 생각해
보았다. 어머니의 말씀이 맞는 것 같다. 나는 미국서 전공한 건축 설
계와 장식을 바탕으로 내 머릿속에 설계해 보았다. Supermarket 설
계도가 그려졌다.

모든 사업체는 장소와 환경 그리고 '기회와 시간'인데, 마침 그
무렵에 서울 복판에 새로 생긴 세운상가란 건물들 세워졌다. 퇴계
로서 을지로를 거쳐 종로까지 연결되어 아파트 건물들과 상가들
이 건축되었다. 어머니 사업체인 새마을에서도 가까웠고, 내가 거
주하고 있는 집에서도 가까웠다. 나는 용기를 내어 그 장소를 선택
했다.

대한민국 최초의 Supermarket

내가 직접 설계하여 '대한민국에서 최초로 만든 Supermarket'이 생기게 되었다. 그 당시는 작은 식품가게가 전국에 있었던 시절이다. 많은 사람이 흥미롭고 신기해서 화제가 되었다. 신문 기사로 나와 Supermarket이 시민들에게 알려졌다. 처음 생긴 Supermarket이란 말이다. 정확히 말해서 'Super Less Market'이다. 그러니 식품 도매상 상인들이 몰려와 자기네 제품들을 팔아달라고 많이 왔다. 가게는 순식간에 상품으로 꽉 찼다. 영업은 성황리 발전에 발전해 나갔다. 지금 생각해 보면 그때 같은 시절이 나에게 있었나 생각이 든다. 겨우 내 나이 20대 초반에 사업을 시작하자마자 벼락부자가 되었으니 말이다. 전국 각지 식품 가게 상인들이 몰려왔다. 자기네들도 나같이 만들고 싶다고 요청이 많았다.

나는 이번 기회에 전국 식품 연합을 만들겠다고 생각했다. 전국 식품 연합을 만들면 회원들과 공동 상품 구입도 하고, 친목하면 어떨까 생각이 들었다. 그때 서울 명동에 있는 유명한 서울 식품 송 사장을 만나 물어보았다. 그는 대찬성하며 나를 무조건 따른다 하셨다.

전국 식품 연합회 조직

     🖋 나는 한국 최초로 '전국 식품 연합회'를 조직하였다. 회원 상점마다 '새 서울 연쇄점'과 자기들의 상호 간판을 만들어 붙이게 했다. 첫 회장으로 서울 식품 송 사장을 선출하였다. 나는 나이가 어려서 그를 앞세웠다. 모든 회원은 나의 계획과 방식대로 따라갔다. 그 당시 미국서 Coca Cola가 한국에 막 들어왔다. Coca Cola 회사는 나에게 와서 우리 회원들에게 자기 상품을 알려달라고 많은 혜택과 신경을 써주었다. 왜냐하면, 내가 지정하는 상품들을 협회에서 많이 구입했기 때문이다. 그래서 그들은 나에게 매달렸던 것이다.

한국의 큰 명절은 새해 신정으로 시작하여 구정이며 추석, 크리스마스 날이다. 그날이 Market들에게 대목 날이다. 그 당시 선물용 품목이 그렇게 많지 않았다. 쌀 그리고 설탕, 술과 과일이 대부분이었다. 나는 Supermarket 자체에서 선물용 Set을 만들어 팔았다. 소비자에게 인기 품목으로 판매되었다. 그리고 명절이 되면 자체 선물권을 만들어 팔았다. 큰 회사들이 구입하여 직원들에게 선물로 사서 많이 사용했기 때문이다. 대목이 끝나면 수입금으로 아파트 한 채를 살 수 있었다. 그 이유는 상품권으로 판매되었기 때문이다.

고객들이 Supermarket에서 물건을 찾아가는 기간이 있었다. 판매된 수입금으로 부동산 투자에 아파트를 구입했던 것이다. 도매상에서는 근 1년 동안 대금을 조금씩 받아갔다. 그들이 나만 상대하는 것이 아니라 내 뒤에는 전국 식품 연합회가 있기 때문이다. 명절 때는 현찰이 너무 많아 해군이 사용하는 부대 자루에 잔뜩 집어넣어 그 부대 자루를 집 방바닥에 쌓아놓고 집 식구들이 계산할 정도였다.

신사도 마차를 끄네

어느 눈이 내리는 겨울날 갑자기 배달해야 할 긴급 상황이 생겼다. 근처에 있는 큰 회사에 선물 상품을 바로 배달해야 하는데 종업원들은 너무 바빠 배달할 수가 없었다. 나는 급한 마음으로 옆에 있는 가게에서 짐 마차를 빌려 내가 직접 배달하게 되었다.

을지로로 끌고 가는데 눈이 조금씩 내리고 있었다. 정신없이 가고 있는데 지나가던 여학생이 나를 쳐다보며 "신사도 마차를 끄네." 하며 웃으며 지나갔다. 그때 내가 신사 복장을 하고 있었던 것을 잊어버렸다. 지금도 그때 일을 잊을 수 없다.

빵 공장 설립

　　 그때 당시 삼립 빵이 참으로 인기였다. 특히 크림 빵이 대인기라 구입하기가 힘이 들어서 협회 회원들의 불만이 많았다. 협회 이사진 회의에서 나는 협회 자체에서 빵 공장을 만들어 회원들에게 공급하면 어떻냐고 제의하였다. 이사진들이 만장일치로 찬성하였다. 이사진들만 투자하여 빵 공장을 세웠다. 그 공장에서 식빵을 비롯해 여러 빵을 만들어냈다.

성대한 결혼식

      1년 전에 아내와 초동 교회에서 작은 결혼식을 하며 약속한 것을 지킬 날이 다가왔다. 그동안 사업으로 대성공하여 부모님 집에서 벗어나 세운상가 진양아파트로 이사하였다. 진양아파트는 12층 건물이다. 5층에 Sample House로 입주하였다.

초동 교회 조향록 목사님을 찾아뵈어 그동안에 있었던 일들을 다 말씀드렸다. 너무 놀라 하시며 기뻐하셨다. 그리고 초동 교회에서 성대히 결혼식을 다시 올렸다. 결혼식에는 양 집안 식구를 비롯해 친구, 친척 그리고 식품 협회 회원들까지 참석하였다. 심지어는 어머니께서 섬기는 절 스님들까지 교회에 와 결혼식에 참석하셨다. 그러나 끝까지 아버지께서는 결혼식장에 나타나지 않으셨다. 참으로 대단한 분이셨다.

아버지께서는 나에게 분명히 후회할 것이라고 강조하셨다. 참으로 원망스러워 근 1년 동안 아버지와 아주 불편하게 지냈다. 세월이 지나면서 아버지께서 왜 그러셨는지 뼈저리게 느끼며 반성하고 있다. 그 이유는 차차 얘기하기로 하겠다.

이사하는 날, 삼풍아파트 화재

　　🖎 사업은 날로 발전하였다. 진양아파트에서 더 큰 삼풍아파트로 이사하였다. 그곳도 12층 건물인데, 11층으로 큰 아파트로 이사하였다. 이사하는 날 짐도 제대로 풀지 못하고 피곤해 잠이 들었다. 그런데 밖에서 소방서 차의 경종이 울리더니 갑자기 소리가 멈추었다. 무슨 일이 생겼나 창문을 열었다. 그 순간 연기가 갑자기 집 안으로 들어오는 것이었다. 나는 얼른 문을 닫고 식구들을 깨웠다. 그 당시 나에게는 딸이 2명이 있었는데, 첫째 딸은 2살이고 둘째 딸은 1살이었다. 그리고 집에 일하는 여자 식모가 2명이 있었다. 아이들의 얼굴을 수건으로 가리고, 나는 식구 6명을 13층 옥상으로 대피시켰다. 13층 옥상에 올라와 보니 이미 사람들이 몇 명 있었다. 그러자 얼마 후, 전기가 끊어지고 옥상에 사람들이 몰리기 시작했다. 올라오는 도중에 많은 사람이 다치고, 사고들이 생겼다. 알고 보니 4층 중국 음식점에서 불이 났다는 것이었다.

　　13층 옥상에서 아래를 쳐다보니 꼭 지옥에서 천국을 바라보는 기분이 들었다. 어떻게 이 식구들을 안전하게 데리고 내려갈 수 있을까 걱정이 되었다. 그때 저 밑에서 아버지의 외침 소리가 들려왔다. 나는 너무 기쁘고 반가워서 소리를 지르며 대답했다. 얼마 후 아버지께서 소방대원과 같이 옥상으로 올라오셨다. 참으로 놀랐고 기뻤다. 잠시 후 아버지께서 조용히 식구들을 다 데리고 제일 먼저 내려왔다.

일본 모리나가 Cracker

어느 날 가게 사무실에 일본과 무역하는 업자가 찾아왔다. 그는 일본에서 인기 있는 모리나가 Cracker 과자를 보여주었다. 조금 큰 상자지만 포장되어 있었고, 맛도 좋았다. 나는 제품을 얼마 가지고 있느냐 물었다. 그는 한 컨테이너를 수입해 왔다고 한다. 내가 2/3 컨테이너를 살 경우 얼마로 살 수 있느냐 물었더니 자기가 수입한 가격에서 조금 붙여서 줄 수 있다고 한다. 거래는 성사되어 제품을 샀다.

가게 매장에 많이 진열해 놓고, 선물용으로 팔기 시작했다. 손님들의 반응이 너무 좋고, 잘 팔려 갔다. 내가 파는 동안에 다른 Market에서도 팔았는지 그 제품이 싹 동이 났다. 무역 회사도 나에게 찾아와 재고가 있으면 좀 팔라고 할 정도였다. 나는 그 당시 창고에 재고가 2/3 정도 남아있었다. 소매상들은 내가 제품을 가지고 있다는 소식을 듣고, 제품들을 사겠다고 난리들이 났다. 나는 내가 파는 소매 가격에 가까운 수준 가격으로 팔았다. 나에게 많은 이익이 생겼다. 그때 이것이 장사구나 하며 많이 배웠다.

일본 모리나가 분유 사건

🦶 그 후로 나는 모리나 제품에 관심을 갖게 되었다. 그러던 어느 날 나에게 어려움이 닥쳐왔다. 전국 식품 협회 이사 제일식품 김 사장이 어느 날 찾아왔다. 본인이 이번에 모리나 분유를 사려고 하는데 너무 많아 같이 나누어 사자는 것이다. 나는 과거에 모리나 Cracker로 재미를 본 경험도 있고 해서 구입하도록 했다.

제품들을 구입하여 Cracker같이 진열하고 팔기 시작했다. 그러던 어느 날 가게에 급히 전화가 왔다. 빨리 피하라는 것이다. 가게에 검찰이 들어와 진열된 모리나가 분유와 지배인을 데리고 갔다는 것이다. 나는 가게로 달려갔다. 직원들은 공포에 질려있었고, 가게에 왔던 검찰이 내가 출근하는 대로 검찰청으로 들어오라고 했다는 말을 전했다. 식구들은 절대로 검찰청에 들어가면 안 된다며 나를 말렸으나 나는 무슨 일로 제품이 압수되었는지 알아야 했고, 무엇보다 지배인이 끌려갔으니 가만히 있을 수 없었다. 결국 식구들의 만류를 뿌리치고 검찰청으로 향했다.

검사실에 찾아갔다. 문 앞 책상에 남자 사무원이 앉아있었고, 저 뒤편에 앉아 전화하고 있는 분이 검사같이 보였다. 나는 책상 앞에 있는 의자에 앉았다. 그 순간 전화하던 검사가 큰 소리로 "내가 앉으라고 안 했는데 왜 앉느냐"고 물었다. 나는 "의자는 앉으라고 논

것인데 왜 그러냐"고 말했다. 그는 전화를 바로 끊고는 누구냐 물었다. 이창호라고 말했다. 그러자 바로 "너가 이창호냐? 참 잘 왔다"며 미소를 띠었다. 그러면서 무엇인가를 책상 안에서 꺼냈다. 바로 모리나가 분유였다. 이것이 나의 상품 맞느냐고 물었다. 그렇다고 대답했다. 또 하나의 모리나가 분유 제품을 꺼냈다. 무엇이 다른지 아느냐 물었다. 내가 보기에 똑같았다. 하나 다른 게 있다면 뚜껑 부분에 있는 원 색깔이 다를 뿐이다. 어리둥절해하는 나를 보던 검찰은 내 제품은 월남을 통해 들어온 밀수품이라며 내가 구입한 장소와 누구하고 거래했는지 밝히고 자기와 함께 현장에 가자고 했다. 나는 그때야 내가 판매한 제품이 밀수품이란 것을 알게 되었다.

나는 너무 놀랐지만 일단 검사에게 당신이 하자는 대로 하겠지만, 죄 없는 내 지배인은 풀어달라고 얘기했다. 그러니 검찰은 직원을 시켜 지배인을 데려오라고 지시했다. 얼마 후 지배인이 공포에 떠는 모습으로 나타났다. 지배인은 내 얼굴을 보는 순간 걱정의 눈으로 바라보았다. 나는 걱정하지 말고 가게로 돌아가라고 얘기했다. 지배인이 돌아가자 검사는 바로 나를 데리고 구입한 장소에 가자는 것이다. 나의 마음에 갑자기 갈등이 생겼다. Mr. Kim 가게에 가야 할지 말이다. 나는 사실대로 말하자고 결정했다. 그곳에 도착할 무렵 근처에서 데모가 진행 중이어서 우리는 그곳에 들어갈 수가 없었다. 그 시절은 학생들의 데모가 아주 심했던 때였다. 결국 우리는 검찰청으로 돌아올 수밖에 없었다. 검찰청에 돌아오니 점심시간이었다. 검사는 점심 식사하고 돌아올 때까지 나에게 자수서를 쓰라고 명령했다. 나는 검사에게 당신만 식사하고, 나는 식사하면 안 되느냐 항의했다. 그러자 검사는 나 보고 식사하고 꼭 돌아와야 된다고 강조하고는 집으로 보내주었다.

집에 오니 아버지께서 검찰 총장에게 얘기했으니 다시 검찰청에 들어가지 말라고 하셨다. 아버지는 사회적으로 높은 위치에 계셨고, 더욱이 중부경찰서의 명예서장이셨다. 나는 점심 식사를 하고 곰곰이 생각해 보았다. 그리고 다시 검찰청으로 갔다. 검사실에 들어가니 검사는 없었다. 사무관만 있고, 연락을 받았으니 내일 아침에 오라는 것이다. 나는 집으로 돌아왔다. 아버지께서는 정말로 화가 많이 나셨다.

다음 날 아침, 검찰청에 들어갔다. 검사실 문을 여니 이미 김 사장은 잡혀 와있었다. 사무관이 나를 바로 밖으로 데리고 나와 집으로 가라고 했다. 그 후 며칠이 지나 신문에 밀수사건이 크게 보도되고, 김 사장 이름까지 실렸다. 나는 검찰청에 찾아가 검사와 사무관에게 감사의 인사도 할 겸 식사 요청을 했고, 저녁에 만나 검사의 단골 식당에서 즐거운 식사를 했다. 한참 식사를 하던 중 검사는 갑자기 내가 너무 순순하고, 솔직해서 마음에 든다고 동생으로 삼고 싶다고 말했다. 그 이후로 우리는 의형제같이 잘 지냈다.

아버지를 향한 그리움

　　이 글을 쓰다 보니, 갑자기 아버지가 무척
그립다. 지금 생각해 보면 아버지는 그 시대에 멋쟁이고, 큰 사람이
었다. 영화계에서는 아버지를 '거인이며 대부'라고 부르셨다. 아버
지는 키가 180cm 정도였고, 몸무게는 200파운드가 넘었다.

　아버지와의 일화
중 가장 기억에 남
는 것은 내 고등학
교 졸업식 날 일이
다. 아버지는 고등
학교 졸업식이 끝
나자 식구들에게
식당에 가 있으라
고 하신 후 나를 데리고 집으로 왔다. 그리고 자기 방으로 가 옷장
문을 열고, 어떤 양복이 마음에 드냐고 물으셨다. 내가 좋아 보이는
양복을 하나 고르자 대기하고 있던 양복 재단사가 내 몸 사이즈를
재고 가져갔다. 나와 아버지는 식당으로 돌아와 식구과 즐겁게 식
사를 했다. 저녁 때쯤 양복 재단사가 양복을 가지고 왔다. 아버지의
양복이 내 사이즈에 딱 맞게 줄어져 있었고, 아버지는 그 양복을
나에게 선물해 주셨다.

워커힐 호텔

🖋 아버지는 나를 워커힐 호텔로 데리고 갔다. 워커힐 호텔에는 외국인과 머리는 짧게 깎고, 신사복을 입은 상류층만 들어갈 수 있는 태평양 나이트클럽이 있다. 아버지는 나를 그곳으로 데리고 가셨다. 클럽에 들어가자 이미 스페셜 테이블이 준비되어 있었다. 아버지께서는 양주를 시키셨다. 그리고 술 마시기 전에 술 먹은 방법에 대해 설명하셨다. 처음 술버릇이 중요하다며, 과거 자기 친구들의 얘기를 많이 하셨다. 그러는 중에 무대가 열리고 쇼가 시작되었다. 난생처음 보는 쇼는 참으로 신기했다.

내 용기와 행동 시험

꽃 여자들이 나와 짧은 치마를 입고, 다리를 버쩍 들며 캉캉춤을 추었다. 여기서부터 문제가 생겼다. 아버지께서 갑자기 나에게 "저기 춤추는 여자 중에 누가 마음에 드냐?"라고 물어보셨다. 나는 너무나 당황하여 말이 안 나왔다. 아버지는 웨이터를 불러 샴페인을 가지고 오라고 하시더니 샴페인 잔에 술을 가득 부으셨다. 그리고 그 잔을 나에게 주시며 나 보고 무대에서 춤추고 있는 여자 중에 좋다고 생각한 여자에게 주라는 것이다. 농담이 아니라 심각하게 말이다. 참으로 황당해 기가 막혔다.

일단 나는 두 손으로 잔을 들고 무대 위로 올라갔다. 마음에 드는 여자 앞에 서자 음악은 중단되고, 갑자기 실내가 조용겼다. 춤추던 여자들도 춤을 멈추었다. 여자에게 잔을 건네자 내가 준 나의 잔을 받았다. 그러자 실내에서는 "와!" 하는 소리와 박수 소리가 요란하게 나왔다. 얼마 후 우리 테이블에 그 여자가 왔다. 아버지께서는 그 여자에게 웃으며 "내 아들이 오늘 고등학교를 졸업했다. 그런데 네가 마음에 드는 모양이구나." 하셨다. 그때 일을 잊을 수가 없다. 생각할수록 아버지께서는 대단한 사람이라는 생각이 든다.

아버지와 나의 갈등

🔖 한국에 귀국한 지 근 2년이란 세월 동안 나에게는 너무나 많은 변화가 일어났다. 22살에 결혼도 했고, 아이도 둘이나 낳으니 말이다. 게다가 사업에 성공하여 남들은 상상도 못 할 만큼의 재산을 축적하였다. 장관도 못 타는 일제 Royal Crown 자가용 차도 타고 다니고, 남들이 선망하는 아파트에서 살았다.

Supermarket은 물론이고, '전국 식품 연합회'를 창단하여 빵 공장까지 운영하게 되니 나는 또래 사람들보다는 나보다 10살 이상 많은 중년들을 상대해야 했다. 매일 그들과 협회 회의가 끝나면 저녁 식사는 물론이고 기생집에 가야 한다. 거래처에서 술집이나 요정으로 데리고 가니 말이다. 그것이 내 일상생활이 되었다. 그렇다 보니 가정에 신경을 쓰지 못했다.

어느 날 문득 내가 왜 이렇게 살아야 하는가 하는 생각이 들었다. 내가 처음 귀국했을 때, 모든 사람이 '무대에서 연극하고 있는 것' 같았는데 언제부터인가 나도 그렇게 변했고, 나보다 남을 위해 살아가는 로봇 같은 생각이 들었다. 매일 사람들과 돈에 파묻혀 사는 로봇 말이다. 이 모든 환경에서 벗어나겠다는 결단을 했다. 나는 운영하던 Supermarket부터 정리하였다. 그리고 전국 식품 연합에 모든 직책도 내려놓았다. 식품 업계에서는 난리가 났다. 정작 나는 이 모든 것들을 정리하니 날아갈 것처럼 홀가분했다. 그만큼 나는 스트레스가 많았고, 정신없이 살아왔던 것이다.

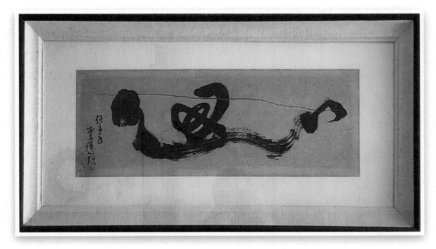

이한종 참을 인자

국제 관광 공사 취직

한 달 정도 휴식을 취했다. 집은 남산 아래 필동 2층 저택으로 이사하였다. 2층 집 옥상에 여분의 방이 하나 있고, 지하에는 창고와 보일러실, 그 밑에 차고가 있었다. 참으로 큰 저택이다. 철문으로 된 정문으로 들어가면 작은 연못을 지나야 집 건물로 들어갈 수 있다. 집 안에 1층에는 침실 2개와 대형 응접실이 있고, 2층에는 방이 3개와 응접실이 있었다.

나는 휴식을 취하며 마음이 정리되었다. 무엇을 해야 하나 고민하다 고국에 왔으니 직장 생활을 해보고 싶다는 생각이 들었다. 마침 그때 국제 관광 공사에서 직원을 뽑고 있었다. 국제 관광 공사 회사는 서울 시내에 반도 호텔과 워커힐 호텔 그리고 외국인들만 상대하는 아리랑 택시를 경영하고 있는 공사였다. 나는 국제 관광 공사에 응시해 보았다. 얼마 후 국제 관광 공사에서 아리랑 택시에 합격했다는 통지가 왔다. 직책은 총책임자 비서실이었다. 사실 나는 호텔 사업에 관심이 많아서 호텔이 아닌 아리랑 택시에서 일한다는 게 조금 아쉽다는 생각이 들었다.

아리랑 택시

🖋 아리랑 택시 회사는 용산 지역에 있었다. 회사에 출·퇴근은 회사 차로 해주었다. 업무는 총지배인실에 외국인들이 오면 접대하고, 총지배인이 외출할 때 그림자처럼 따라다니는 거였다. 시간이 많아 아주 편하게 근무했다.

아리랑 택시는 외국인들이 전화하면 움직인다. 즉 Call Taxi다. 나는 운수 사업 운영 방법과 내용에 관심이 생겨서 차차 살펴보았다. 손님들이 전화하면 배차실에서 서비스를 제공하고 있었다. 배차실의 역할이 중요하다는 느껴졌다. 하루는 총지배인에게 시간 여유가 있을 때 배차실에서 일하고 싶다고 말씀드려 보았다. 그러니 웃으며 허락하셨다.

내가 배차실에 들어가니까 여자들이 대환영하며 잘 가르쳐주고, 무척 친절하였다. 내가 미국에서 공부했다는 소문이 벌써 돌았고, 내가 20대 초반이니 총각인 줄 착각하고 있으니 말이다. 나는 배차실에서 근무하며 어떻게 배차하는 지와 택시 운전사까지도 잘 알게 되었다. 운전사들이 중간에 사기 치는 것도 알 수 있었다. 배차 시간이 끝나면 퇴근길에 고맙다는 표시로 미국 맥주 상자나 양주를 차 트렁크 안에 집어넣고 눈 감아달라는 표시도 했다. 나는 이곳을 통해 또 사업의 욕심이 생겼다.

Rental Car 사업

     🐾 내가 생각한 사업은 바로 Rent Car 사업이다. 미군 부대서 나오는 휘발유와 미국서 유행하는 차로 미군을 상대하는 사업을 하면 어떨까 싶었다. 미국에서 생활했다 보니 미국 사람들이 좋아하는 차도 잘 알고 있다. 하루는 총지배인님께 넌지시 물어보았다. 총지배인님도 관심이 많다고 하셨다. 본격적으로 Rent Car에 대해 조사했다. 차는 미국에서 유행하고 있는 Mustang 차를 생각했다. 지역은 용산 이태원을 중심으로 동두천, 의정부까지 계획을 세웠다. Rent Car는 미군 장교들로 상대로 들어오기 때문에 총지배인님은 미군 부대를 통해 들어올 수 있는 길을 알아보셨다. 세금 문제도 해결할 수 있고, 약 2년 정도 사용한 후에는 국내 시장에 팔 수도 있기 때문이다. 그리고 차를 들어올 때 미국에서 쓰던 Car Wash 기계도 들여올 계획까지 세웠다.

  장소도 정했다. 한남동 제2 한강교 근처에 설치하기로 하고, 제2 한강교 입구 근처에 허술한 땅까지 구입하려고 알아보았다. 그런데 어느 날 총지배인님께서 같이 못 하겠다는 것이다. 그 이유는 우리 계획을 누가 알고, 협박 전화를 해서 어려울 것 같다는 것이다. 나의 짐작으로 중앙정보부 아니면 한진그룹에서 한 것이 아닌가 싶다. 한진그룹에서도 Rent Car 사업을 하려고 준비한다는 얘기를 들었기 때문이다. 아무튼 정확히 누군지는 모르지만 누군가가 총지배인님에게 포기하게 만든 바람에 사업을 진행할 수 없게 되었다. 총지배인님이 도와주지 않으면 미군 부대를 통할 수는 없어서 나는 결국은 사업을 포기하고 직장을 그만두었다.

서울 명동 진출

　　　🖋 이왕 장사를 하기로 마음먹었으니 성공하려면 서울 중심가 명동을 가야겠다는 생각을 했다. 명동은 참으로 화려하고, 번잡한 거리였다. 친구 형님이 명동에서 옷 가게를 해서 나는 그분께 명동의 실태와 분위기를 물어보았다.

　명동은 젊은이들이 많이 모인다. 그 시절에는 젊은이들이 갈 곳이 없어, 명동 거리를 다닐 때다. 그래서 젊은이들을 상대로 한 저렴한 술집과 다방 그리고 양품점들이 많았다. 친구 형님도 젊은이들을 상대로 양품점을 하셨다. 약 3백만 원 정도면 차릴 수가 있었다.

　나는 그 정도 투자하여 명동을 알 수 있으면 괜찮다고 생각했다. 유네스코 빌딩 옆, 사보이 호텔 골목 입구로 장소를 정하고, 옷 가게 이름을 Sylvia 양품점으로 했다. 이름이 Sylvia 양품점인 이유는 그 옆 가게가 명동에서 유명한 Sylvia 양장점이기 때문이다. 여자 옷과 남자 와이셔츠 맞춤 전문 가게로 운영했는데, 내 생각보다 영업이 잘되었다. 그때는 미군 부대에서 나오는 물건들 불법으로 섞어서 팔았는데, 어떤 때는 불법 단속반이 나와 양품점들이 야단법석들이 난다. 참으로 그것도 못 할 짓이다.

코스모스 백화점

　　🖋 명동 입구, 과거 중국 대사관 자리에 코스
모스 백화점이 새로 열리게 되었다. 당시 명동에서 큰 화젯거리여
서 나도 코스모스 백화점에 가봤다. 구경하다 보니 후문으로 나가
는 코너에 1층과 2층 사이 중간층을 만든 장소가 비어있었다. 탐이
나는 특별한 장소였다. 나는 호기심이 생겨서 백화점 관리사무실
을 찾아갔다. 관리 책임자 장 이사에게 그 장소에 흥미가 있어 알아
보고 싶다고 말했다. 장 이사는 그 장소는 특별히 회장님의 아들이
쓰려고 비워둔 장소라고 대답하며 일단 회장님께 말씀드려 본다고
하셨다. 만약에 가능하다면 나에게 연락하라고 전화번호를 주었
다. 얼마 후 장 이사한테 연락이 왔다. 회장님께서 한번 만나보겠다
는 것이다.

　나는 회장님을 만나러 백화점으로 갔다. 회장실에 들어가니 사
무실 내부가 무척 넓었고, 몸이 크시고 위엄 있게 생기신 분이 기다
리고 계셨다. 나를 보고 소파에 앉으라고 하셨다. 은근히 기가 죽었
다. 회장님은 나에게 "자네가 나를 보자는데 무엇 때문에 보자는
것이냐"고 물으셨다. 내가 비어있는 장소에 대해 여쭈어 보니 그 장
소는 아들을 주려고 비워논 장소인데 아직도 결정 못 하고 있다고
하셨다. 회장님은 나에게 그 장소에 무엇을 하려고 하느냐 물으셨
다. 사실 나는 그 장소가 탐이 나긴 했지만 무엇을 하겠다는 생각까

지 없었다. 참으로 난감했다. 그러다 순간적으로 '피자 가게'를 하겠다고 말씀드렸다. 그 당시 한국서는 피자를 모르고 있었으나 다행히 회장님은 일본 교포라 피자를 알고 계셨고, 내가 미국에서 유학할 때 즐겨 먹었다고 말씀드리니 회장님은 긴장을 푸시고 나를 보는 표정도 달라지셨다.

사실 그 장소는 권리금이 비쌌다. 1층에 있는 진열대 자리 하나가 120만 원에서 150만 원이었는데, 그 장소에 진열장을 놓는다면 15개 이상은 들어갈 수 있는 크기였다. 게다가 거기는 높아서 매장이 다 보이는 좋은 자리였다. 회장님께서는 자기 선에서 보증금을 1,500만 원 정도로 해줄 수 있다고 말씀하셨다. 나는 지지 않고 1,200만 원 정도면 생각해 보겠다고 말씀드렸다. 그러자 회장님께서 이사진들과 상의하여 알려주신다고 하셨다.

며칠 후 장 이사한테 연락이 왔다. 회장님이 뵙겠다는 것이다. 회장님께서 나를 무척 마음에 드신다고 하셨다. 회장님을 찾아뵈니 나를 반갑게 맞이하셨다. 나에게 기쁜 소식이라고 하시며 내가 원하는 가격을 이사진들에게 허가받았다고 하셨다. 나는 솔직히 말씀드렸다. 현재 하고 있는 사업도 정리하면서 갑자기 목돈이 들어 현찰이 많지 않아 일시불로 지불하기가 힘들다고 말씀드렸다. 대신 한 달에 300만 원씩 3달 나누어 지불하고, 남은 300만 원은 1년 후에 지불해도 되는지 여쭤보았다. 처음에는 실망한 눈치였지만, 나를 믿고 해주시겠다고 하셨다.

코스모스 백화점 정규성 회장님

코스모스 백화점 정규성 회장님이 생각난다. 회장님께서는 나를 양아들같이 사랑하고 아끼셨다. 그는 일본 2세다. 정규성 회장님의 아버지는 왜정 시대에 형무소 관수 책임자로 일하셨다고 한다. 그래서 이승만 대통령께서 감옥에 계실 때 잘 보살펴 주셨다고 한다. 한국이 해방되고, 정 회장님 가족들은 일본으로 건너갔다. 이승만 대통령께서 대통령이 되신 후 감옥살이할 때 본인을 도운 정 회장님의 아버지를 찾으려고 하셨으나 이미 정 회장님 아버지는 돌아가셔서 대신 정 회장님을 불러 많은 도움을 주셨다고 한다. 그 기반으로 일본에서 해양 사업에 성공하셨다.

정 회장님은 영국과 미국 알래스카에 기름을 나르는 큰 배 두 척을 가지고 계셨다.

청와대를 바라보는 위치에 있는 회장님의 대저택에 가면 사진 두 개가 응접실 벽에 붙어있다. 하나는 두 척의 배 사진과 또 하나는 선박의 왕 Onassis와 같이 찍은 사진이다. 그리고 정원에는 내 집처럼 큰 연못에 금 잉어들이 많이 있었다.

정규성 회장님은 풍채가 아주 크셨다. 코스모스 백화점에서는 그를 Khrushchev라고 불렀다. 왜 그런지 나는 모르겠다. 정 회장님이 한국에 코스모스 백화점을 경영하게 된 동기는 이렇다. 회장님께서는 한국 내 중국 대사관 땅을 사겠다며 중국에 가서 직접 장개

석을 만났다. 그 일로 중국 대사관 직원이 자살까지 했다는 얘기가 있다. 아무튼 이 사실을 안 박정희 대통령께서 한국으로 불러 코스모스 백화점을 지었다. 박정희 대통령께서 보증까지 혜택을 주셨다고 하니 대단하신 분이다.

회장님에게는 두 아들이 있었다. 첫째 아들은 외국에 살다가 외국 부인과 한국에 와 살고 있다. 둘째 아들은 선박 사고 처리 중 얼마 전에 갑작스레 죽었다 한다. 회장님께서는 그 아들을 무척 사랑하셨다. 그래서 회장님께서 나에게 관심을 두고, 사랑하시는지도 모른다. 첫째 아들은 외부로부터 평이 좋지 않고, 너무 교만했던 것 같다. 회장님께서는 아버지도 일본에 계실 때 잘 알고 계셨다고 하신다.

코스모스 정규성 회장

피자 가게 준비

🖋 다시 피자 사업 이야기로 돌아가겠다. 막상 피자 사업을 하려니 무엇부터 시작해야 할지 막막했다. 제일 먼저 피자를 만들 수 있는 사람부터 찾기로 했다. 내가 근무했던 아리랑 택시 회사를 생각해 보았다. 왜냐면, 그때 미군들이 철수했기 때문에 그곳에서 일하셨던 많은 사람이 그만둘 수밖에 없었다. 미국 군대 장교들을 상대한 식당 요리사도 많이 감원이 되었다. 혹시 그들 중에 있지 않을까 하는 생각이 들었다. 사람을 통해 알아본 결과, 마침 의정부 장교 클럽 식당에서 일하던 요리사가 그만두었다 한다. 나는 바로 의정부 요리사를 찾아가 서울로 데리고 왔다. 그는 체격이 좀 뚱뚱한 편인데, 인상이 좋아 보였다. 미군 장교 클럽에서는 미군을 상대로 안주용 피자를 만들었다고 한다. 그래서 자기가 직접 의정부에서 피자 자료들을 구입하여 가지고 와 집에서 만들어 보았다. 내가 미국에서 먹었던 그 맛이었다. 너무 기뻤다.

나는 용기가 나고, 차분히 생각했다. 요리사가 정해지니 내 머릿속에는 가게 설계도가 구상되었다. 장소 자체가 비싸 넓은 공간을 빌리지 못해서 좁은 공간에서 음식을 만들고 식당으로 사용해야 하기 때문이다. 가게 공간의 1/3은 주방으로 사용하고, 그 남은 공간은 홀로 손님들이 사용하게 말이다. 부엌과 홀은 열린 상태에서 경계선 없이 카운터에 손님들이 앉아서 식사도 하고 음식 만든 것도 볼 수 있게 말이다. 카운터는 니은 자 모양으로 만들고 중간을 약간 둥글게 만들어 큰 오븐이 들어갈 수 있게 했다. 카운터 끝부분은 음료수를 준비할 수 있게 테이블을 만들었다. 그때 당시 대부분의 음식점은 부엌과 홀이 완전 벽으로 막혀있었는데, 부엌과 홀의 경계선을 없앤 설계는 내가 최초이지 않을까 싶다. 홀 공간이 좁으니 의자와 테이블을 내가 직접 설계하여 라운드로 만들고, 의자는 다리가 3개로 했다.

장비와 식기는 대부분 남대문 도깨비 시장에서 장비들을 구입했는데, 피자를 구울 수 있는 큰 오븐이 필요하다. 수소문하여 미국 부대에서 쓰던 오븐을 어렵게 구하고, 주스 냉동 저장 기계와 샴페인 컵, 와인 잔도 구입했다. 식기도 고급 식당에서 사용하는 것으로 준비했다. 그다음으로 피자는 소스와 판대기가 중요한데, 피자 소스와 판은 일단 집 창고에서 만든 다음 가게로 가지고 와 Pre-Cook 형식으로 가게에서 피자를 만들었다. 오븐 위에는 두꺼운 철판을 올려놓고, 스테이크나 햄버거를 굽게 했다. 시원한 과일과 포도주 그리고 사이다를 섞어 칵테일을 팔기도 했다. 또한 피자와 함께 커피를 시키면 한 잔을 더 채워주었다. 즉 한국에서 Refilled Service 해준 것이다.

직원은 주방장과 주방장이 데리고 온 부주방장 그리고 보조, 음료수 담당 책임자, 카운터, 홀 여자 직원 2명을 고용했다. 주방장은 흰 모자와 유니폼 옷도 입고, 홀에서 일하는 여자들도 미니스커트 유니폼을 입었다. 때에 따라 나도 같이 도와주었으나 나는 항상 정장을 입었다.

피자 코너

✍ 상호를 '피자 코너'로 결정했다. 가게 위치가 코스모스 백화점 후문 코너에 있기 때문이다. 개업날 화초가 많이 들어왔다. 사람들은 소문을 듣고 많이 몰려들었다. 정 회장님께서 축하 화초도 보내주시고, 직원들을 데리고 찾아주셨다. 정 회장님께서 우리 가게의 첫 손님이 된 것이다. 정 회장님께서는 카운터 가운데 앉으셨다. 주방장이 음식 만드는 모습을 보고 계셨다. 스테이크와 피자가 너무 맛이 있다고 칭찬하셨다. 회장님은 피자 맛을 아시니까 이렇게 말씀하셨지만, 대부분의 사람들은 피자를 처음 먹어보는 것이라 신기해했다. 그들은 피자를 '이태리 빈대떡'이라고 불렀다. 정 회장님께서는 우리 가게 단골손님이셨다.

피자 가격은 소는 350원이고, 대는 700원을 받았다. 그때 당시 설렁탕 가격이 200원이었다. 음료는 맥주 대신 와인 같은 시원한 주스를 팔았는데 200원을 받았다. 아주 인기였다. 그리고 항상 조용한 경음악이나 저녁 시간에는 클래식 음악으로 분위기를 살렸다.

명동에 남자 레지 소문

우리 가게 손님 중에는 상류층 사람들이 많았다. 날이 갈수록 연예인들을 비롯해 부유층 젊은이가 주 고객이 되었다. 특히 여자 손님들이 많았다. 여자 배우, 탤런트 그리고 인기인들이 많이 찾아주었다. 여자 손님들은 내가 총각인 줄 알고 나에게 데이트 신청도 하는 등 관심들이 많았다. 심지어는 내가 양복을 입고, 가게에서 친절하게 서비스를 해주니 '명동에 남자 레지가 있다'는 소문이 났다.

피자 코너는 명동 입구에 자리 잡고 있기에 주변 있는 조선호텔을 중심으로 외국인을 상대하는 회사가 많아서 외국 사람들도 많이 왔다. 내가 영어로 대화할 수 있으니까 가게는 날로 발전해 나갔다.

코스모스 백화점 번영회

코스모스 백화점에는 상점 주인이 700명 정도 있었다. 4층짜리 건물에 각종 품목의 가게들 모여있다. 미국처럼 백화점 회사에서 운영하는 것이 아니라 오직 관리만 해주고 상인들이 백화점 건물 안에서 각자 장사를 하는 것이다. 상점은 주로 옷과 전자 제품, 보석상과 음식점 등등이 있었다.

업주들은 상의하여 번영회를 구성하자고 했다. 자기네 상품부에서 회장이 되려고 영업 시간이 끝나면 선거 운동들을 했다. 특히 여성 옷 가게와 전자 제품 가게들이 관심이 많아 보였다. 나는 큰 업종인 가구점과 마켓 그리고 식당을 비롯해 술집 등등에 회장이었다. 선거 날이 왔다. 서로 토론 중에 자기네 부서에서 회장이 되겠다고 야단법석들이 났다. 나는 조용히 경청하고 지켜보았다. 이미 나는 전국 식품 연합회를 이끈 경험이 있어 그들의 심리를 잘 안다.

나는 백화점의 발전 중요성과 무엇을 원하는 점들을 잘 안다는 것 그리고 백화점과 합의할 수 있는 나의 위치와 입장을 발표했다. 백화점 상인들은 이미 내가 백화점 정 회장의 양아들이라는 것을 다 알고 있다. 모든 상인이 동의하여 나를 회장으로 추대했다. 그러나 나는 20대 초반이라 전국 식품 연합회처럼 나보다 나이 많으신 전자 제품 가게 김 사장에게 회장 자리를 양보하고, 부회장이 되었다. 지금의 노조와 같이 협회가 생긴 것이다.

미스 코리아 1일 점원

　　🖋 하루는 번영회 사무실로 올해 당선된 미스 코리아 진, 선, 미와 사람들이 찾아왔다. 이들은 오늘 하루를 백화점에서 1일 점원으로 봉사하겠다고 해서 내가 미스 코리아를 부서에 배치시켰다. 미스 진은 아동복부로, 미스 선은 여자 숙녀복으로 하고, 미스 미는 화장품부로 보냈다. 많은 사람이 미스 코리아를 보려고 백화점으로 몰려들었다. 일을 끝마치고, 수고했기 때문에 음식점에 초대하여 식사를 대접했다. 서로 인사들을 나누고 즐겁게 식사하였다. 그런데 식사 중에 미스 미가 웃으며 나를 향해 부회장님은 너무 멋쟁이라고 칭찬을 했다. 그 옆에 계신 분이 백화점 내에서 인기가 최고라고 거들며 웃었다.

　어느 날 미스 미가 자기 오빠 부인하고 같이 가게로 찾아왔다. 나에게 너무 고마웠다고 인사차 왔다고 해서 나는 피자를 대접했다. 갑자기 오빠 부인 되시는 분이 나에게 결혼하셨냐고 물었다. 너무 당황하여 그렇다고 말씀드렸다. 그분은 실망한 표정을 지으며 너무 젊게 보여서 실례했다고 말했다. 동생이 하도 이야기를 해서 한번 만나보고자 부산에서 왔다고 한다. 그 이후에도 자주 가게에 와서 나중에는 친구가 되었다.

　어느 날 미스 미가 기쁜 얼굴로 찾아왔다. 대한 항공사에서 취직하게 되었다며 축하해 달라는 것이다. 나는 축하 기념으로 좋은 음식점에 가서 저녁 식사를 대접했다. 나중에 내가 미국에 들어와 있을 때 한국에서 돈을 가지고 오는 데 많은 도움을 주었다. 지금도 그 이름 최XX를 잊지 않는다. 고맙게 생각한다.

나를 지켜준 세 분

 나를 항상 보호하고, 지켜주는 세 분이 계셨다. 일전에 얘기했던 검사 형님은 나에게 무슨 법적이나 형사 문제가 생기면 항상 도와주셨다. 또 한 분은 우리 집안 종씨로, 중앙정보부 특수 공작원이며 책임자인데 우리 아버지를 어른으로 모셨다. 그리고 마지막 한 분은 정부 기관의 해결사이며, Killer다. 그 밑에 부하들은 국회의원 보좌관 아니면 외국인 Market에서 책임자로 근무한다. 정치 깡패와는 수준과는 전혀 다르다. 나는 이분을 형이라고 부르며 의형제같이 지냈다.

이분에 대해 잠깐 소개한다. 월남 전쟁 시 정부에서 군용기 타고 월남에 들어갔다. 그곳에서 한국 근로가 입찰이 있을 때, 월남 측 우두머리를 조용히 정리하여 한국 측이 일할 수 있게 하는 007 같은 분이다. 한국을 위해 숨어서 많은 일을 하신 분이다. 이 분 역시 우리 아버지를 선생님으로 모셨다. 나에게 무슨 일이 생기면 조용히 정리해 주셨다.

명동 사보이 호텔을 장악한 전라도 사시미 칼 부대의 두목인 조씨도 나를 찾아와 잘 부탁한다고 얘기했다. 내 뒤에는 이런 분들이 나를 보호하고 지켜주고 있었다. 그리고 코스모스 백화점 번영회 부회장도 하고 있었기 때문에 20대 초반에는 무서운 것도 모르고 살았던 것 같다. 명동 한복판에 Royal Crown 자가용을 타고 다니며 말이다. 내 인생에 그때 같은 시절은 없었던 같다. 정말 좋았다.

개척과 도전 정신

제4부

개척 정신으로
버텨낸 시간 2

갑자기 이루어진 미국 여행

　　　　　🖋 어느 날 미 대사관에서 근무하는 친구가 집에 찾아왔다. 그 당시 내가 상대한 친구나 사람들은 대개 나보다 5살 위가 많았다. 그 친구도 나보다 6살이 많다. 저녁을 먹으면서 여러 얘기를 하였다. 집사람도 같이 식사를 했다.

그 친구가 갑자기 집사람에게 영양사 자격증이 있으니 미국에 왔다 갔다 할 수 있지 않냐며 미국 구경을 하고 오라고 했다. 이왕이면 이민 수속하여 영주권을 얻는 것도 권유했다.

나는 남들보다 빨리 자리를 잡으면서 근 4년 동안 정신없이 살아왔다. 그러다 보니 미국을 잊고 있었다. 그 이후 집사람은 마음이 들떴다. 집사람과 만나 결혼한 동기도 그랬으니까 나도 나쁠 것이 없다고 생각했다. 그 친구에게 알아보라고 얘기했다. 일이 속전속결로 진행되어 내가 생각한 것보다 비자를 빨리 받을 수 있었다. 면접하는 날짜도 잡혔다.

대사관 비자 받는 날 생긴 일

🖋 대사관에 들어가기 며칠 전에 대사관 친구한테 급하게 전화가 왔다. 집사람 수속할 때, 내가 유학했다는 것을 뺐다는 것이다. 면접 심사에서 영사가 그것을 문제 삼으면 나는 다른 식구보다 좀 늦게 갈 수 있다는 것이다.

면접 날이 왔다. 대사관에 가니 대사관 친구가 기다리고 있었다. 친구는 나에게 두 번째 방 영사가 아주 유명한 악질 면접관이라고 주의를 주었다. 잠시 후 내 이름이 불렸다. 면접 대기실 문 앞에 앉아 기다리고 있었다. 내 친구가 지적한 두 번째 방에서 사람이 나와서는 나보고 들어오라는 것이다. 그때 마침 딴 사람이 왔다. 나는 얼른 그 사람 보고 들어가라고 했다. 그리고 나는 다른 방이 빨리 끝나기를 고대했다. 얼마 후 그 방에 들어갔던 사람이 머리를 갸우뚱하며 좋지 않은 표정으로 나왔다. 나는 더 긴장이 되었다. 다시 두 번째 방 영사가 나와 들어오라고 했다. 또 다른 사람이 오길래 다시 그 사람에게 들어가라고 했다. 그러자 영사가 나와 나를 쳐다보며 "I must see you." 하며 들어갔다.

나는 옆 방으로 들어가길 기도했다. 잠시 후 그 사람도 전 사람과 같은 표정을 짓고 나왔다. 그리고는 영사가 미소를 지으며 나 보고 들어오라는 것이다. 꼭 소가 도살장에 끌려들어 가는 심정으로 방에 들어갔다. 내 얼굴을 빤히 쳐다보던 영사는 나에게 일어서라고 하더니 영어로 무엇이라고 얘기하였다. 그리고 나 보고 서류에 다 서명하라는 것이다. 너무 정신이 없어서 서명하며 손을 떨었다. 집 사람은 내가 손잡고 서명했다. 서명이 끝나자 오후에 비자 찾으러 오라고 하며 "Welcome to America."라고 했다.

방에서 나와 밖으로 나갔다. 친구가 걱정된 표정으로 쫓아 나왔다. 나에게 어떻게 됐는지 묻기에 오후에 비자 찾으러 온다고 했다. 친구는 너무 놀라면서 기뻐했다. 그 친구가 나중에 영사한테 물어보니 대체적으로 한국 사람들은 성질이 급한데, 나처럼 양보심이 많은 사람은 처음 보았다는 것이다. 미국에는 나 같은 사람이 필요하다고 칭찬까지 했다는 것이다. 지금 생각하면 기가 막히다.

나를 향한 정규성 회장님의 기대

      🖋 나는 정 회장님과 점심 식사를 했다. 식사를 하면서 미국에 잠시 들어갔다 오겠다고 말씀드렸더니 깜짝 놀라셨다. 작은아들이 죽은 이후 외롭고 쓸쓸하셨던 정 회장님은 나를 친아들처럼 생각하고 사랑해 주셨다. 나에 대한 큰 기대가 있으셨던 것 같았다. 혹시나 내가 안 돌아올까 봐 걱정하셨다. 그리고 나를 큰 사람으로 만들 본인만의 계획이 있으셨다. 나에게 사업 교육을 시키고 나중에 본인이 가지고 계신 유조선을 나에게 맡기실 생각을 하신 것 같았다. 내가 영어를 할 수 있으니 나를 알래스카로 보내 그곳의 총 책임자로 시키려고 하셨던 것이다.

  나는 큰 고민이 생겼다. 그분의 뜻을 따라야 하나 아니면 내 갈 길을 가야 하는가 말이다. 나는 그때 내 친부모의 큰 도움 없이 여기까지 왔다는 '교만과 욕심'으로 꽉 차있었다. 하는 일마다 만사형통으로 잘되니 무서운 것이 없다. 그래서 일단 미국에 들어가기로 결정했다. 그러나 그것은 내 인생에서 실패한 선택이었다.

가족과 미국으로 출발

　　　　　🖋 사업체와 집은 두고 집사람과 큰딸 지국이만 데리고 떠났다. 작은딸 지승이는 여동생에게 맡기고, 내 집과 가게를 지켜달라고 부탁했다. 미국에 도착하니 정든 땅에 온 기분이었다. 자리를 잡기 위해 LA. Down Town하고도 가까운 Monterey Park 지역에 아파트를 구했다. 그곳에는 일본인을 비롯해 중류층 동양인들이 많이 거주하고 있어서 조용하고 안전한 동네였다.

　나는 한국과 자주 연락했지만, 계속 걱정이 되었다. 가정적으로 큰 문제가 생겼다. 나는 관광 목적으로 미국에 들어왔으나 집사람은 영주권도 받았으니 미국에 살고 싶어 하는 것이다. 식구만 남겨두고 한국으로 나가야 하는지 고민이 되었다. 가정을 선택하느냐 사업을 선택하느냐의 기로였다. 한국을 떠날 때 이 문제를 염려했는데 결국 걱정이 현실이 되었다.

　유학 시절 Bank of America Saving Account에 저금하였던 원금에 이자가 붙어서 차는 살 수 있었으나 여기에서 살기 위해서는 돈도 더 필요했다. 무엇보다 두고 온 둘째 딸과 사업체가 걱정이 되어서 일단 한국에 다녀오기로 했다.

한국과 미국 사이에서 갈등하는 내 마음

한국에 나와보니 많이 변해있었다. 제일 먼저 코스모스 백화점이다. 정 회장님께서 세브란스 병원에 입원하고 계셨다. 병원으로 찾아뵈었더니 나를 보시고 너무 반가워하셨다. 나에게 완전히 왔느냐 물어보셨다. 아니라고 말씀드리니 정 회장께서는 실망한 표정으로 바라보셨다. 나의 도움이 필요하다고 하셨다. 코스모스 백화점 앞에 롯데 백화점이 새로 생겼는데, 그것으로 인해 큰 타격을 받고 계셨다.

롯데 백화점은 일본 교포 신격호 회장이 롯데 호텔과 같이 지었다. 롯데 백화점은 직영으로 운영하고 있다. 코스모스 백화점보다 더 현대식 백화점이었다. 특히 4층에 있는 각종 음식 코너가 아주 인기를 끌고 있었다. 정 회장님께서 롯데 백화점 음식 코너처럼 코스모스 백화점 4층 전체에 음식 코너로 만들고 싶다고 하시면서 전체적인 운영을 내가 해줬으면 좋겠다고 하셨다. 나는 참으로 난감하였다. 그래서 생각해 보겠다고 말씀드렸다.

우선 돈이 필요해 집부터 정리했다. 사업체는 계속 여동생에게 맡기고, 일단 둘째 딸을 데리고 미국으로 갔다.

미국의 첫 번째 집

◝ 미국에 들어와 돈이 없어지기 전에 집부터 샀다. 닉슨 대통령 고향인 Whitter 골프장 옆에 아담한 단층집을 샀다. 참으로 조용하고 교통도 편리하다. 그리고 한국에 들어가느냐 이곳서 사업을 할 것인가를 고민했다. 집사람은 여기에서 영주할 생각을 굳혔다. 만약 내가 한국에 가는 것을 고집한다면 이혼까지 할 생각이었다. 참으로 난감한 상황이다. 나는 한국에 출셋길이 열려있으니 한국을 포기하기가 어려웠다. 게다가 미국에서 무언가를 하려면 한국의 사업체를 정리해야 하니 더욱 머릿속이 복잡했다.

고민 끝에 결국 나는 가족을 택하고, 한국 사업체를 정리하기로 했다. 내가 한국에 나가 사업체를 정리하는 동안 생활에 쓸 수 있게 돈은 은행에 저축해 놓고 사업을 정리하러 한국으로 갔다.

9대 독자 아들 태어나다

⟋ 1974년 8월 8일에 9대 독자 이헌범이 태어났다. 아들의 이름은 내가 직접 지었다. 한국 이름인 헌범이는 올바르고 정직하게 호랑이처럼 살라는 뜻이고, 영어 이름 Ronald는 미국 Ronald Reagan 대통령같이 훌륭한 사람이 되라는 뜻을 담았다. 참, 딸 지국이는 영어 이름으로 Jennifer이고, 둘째 딸은 지승이는 Jennie로 지었다. 이로써 나는 슬하에 1남 2녀를 두게 되었다.

Ron이 태어나는 날, 미국 Nixon 대통령이 자리에서 물러났다.

코스모스 백화점 파산 직전

     🖋 한국에 나가니 코스모스가 파산 직전이었다. 백화점 경영권은 국민은행으로 넘어가고, 정 회장님의 병은 많이 악화되었다. 정말로 눈물날 일이다. 내가 한국에 왔다는 소식을 듣고, 장 이사가 찾아왔다. 코스모스 회사의 실정과 어려움을 전해주었다. 그 큰 회사가 단돈 천만 원이 없어서 부도가 날 지경이라는 것이다. 장 이사는 나보고 이사장 주변 사람들을 많이 아니 빠른 시일 내에 천만 원을 구해달라고 간곡히 부탁했다. 나도 가게를 정리해야 할 판인데 말이다.

  나는 은행 관리 사무실에 갔다. 내 보증금 9백만 원을 돌려달라고 얘기했다. 가게 보증금만, 시설비는 추가하지 않고 말이다. 그러자 은행 측은 300만 원은 주고, 600만 원은 한 달 후에 2번 나누어 수표로 300만 원씩 지불하겠다는 것이다. 그것도 선심을 쓰듯 말이다. 가게 시설은 내가 알아서 처리하라는 것이다. 이 말은 내가 이곳에 석 달 이상 머물고 있어야 한다는 얘기다.

장범구 씨와 동업

나는 피자 사업을 시작하면서 장범구 씨를 알게 되었다. 그는 나보다 나이가 8살 더 많으셨다. 늘 친구 같고, 형제 같이 지낸 사이다. 나는 그가 생각이 났다. 장 사장 사무실은 광화문에 있었다. 아카시아나무 껍질로 벽지를 만들어 무역 사업을 하셨다. 그러나 사업으로 재미를 보지 못하시고 있는 상황이었다.

그분을 찾아가니 무척 반가워하셨다. 오늘 아침 사무실에 새가 들어와 길조가 있겠다 생각했는데 내가 나타났다고 웃으며 말씀하셨다. 나는 한국에 온 이유와 피자 코너 사업 정리하는 문제에 대해 말씀드렸다. 그러자 장 사장님은 본인을 믿느냐고 심각하게 물어보았다. 바로 그것을 말이라고 하느냐면서 나와 같이 사업하자고 말씀드렸다. 장 사장은 바로 좋다는 것이다. 서로 750만 원씩 투자하자고 말씀드렸다. 장 사장은 좋다고 말씀하시면서 투자금 준비는 내일이라도 가능하다고 하셨다. 그럼 내일 코스모스 사무실에 가서 지하 1층 빈자리를 계약하라고 말씀드렸다. 그 자리는 현재 영업 장소보다 2배 이상 큰 곳이었다. 과거 파친코 사업을 하려고 했던 장소이다. 나는 반드시 계약할 때 계약서에 장범구 외 1명을 꼭 기재하라고 말씀드렸다. 나에게는 다 계획이 있었던 것이다.

장 사장 사무실에서 나와 바로 코스모스 사무실로 갔다. 나는 너희들이 원하는 조건대로 할 테니 나에게 금액을 지불하라고 말했다. 그들이 준 수표 3장, 900만 원을 받았다. 그다음 날 장 사장은 코스모스 사무실에 가서 계약을 했다. 총금액 1,500만 원에서 계약금으로 600만 원을 지불했다.

코스모스 사무실 난리

계약금 잔금 지불하는 날이 왔다. 장 사장과 내가 사무실에 갔다. 사무직원들이 나를 보며 아직 미국에 안 들어가셨냐고 인사한다. 나는 여기서 살기로 했다고 했다. 장 사장이 계약 담당자에게 계약서를 보자고 하였다. 그리고 계약서의 장 사장 외 한 명을 이창호로 바꾸었다. 잔금 900만 원은 그들이 준 수표로 지불하였다. 그들은 깜짝 놀라면서 안 된다는 것이다. 내가 책상을 치며 큰 소리로 무슨 소리냐고 했다. 너희들이 발행한 수표를 너희들이 못 믿는 거냐고 하면서 말이다. 그때 은행에서 나온 책임자 김 사장이 놀라서 우리에게 왔다. 나보고 자기 방으로 들어가자고 했다. 김 사장이란 사람은 소문난 악질이고, 아주 깐깐한 사람이라고 알려져 있었다.

방으로 들어온 김 사장은 나에게 이건 도에 어긋나는 것이라고 말했다. 나는 그럼 당신네가 준 수표를 못 받겠다는 것이냐고 하면서 이런 수표를 왜 나에게 주었느냐고 따졌다. 물론 수표의 기간이 있지만, 나는 알면서도 모르는 척 밀고 나갔다. 결국은 내가 계획한 대로 처리가 되었다. 김 사장이란 분이 젊은 사람에게 당한 것은 처음이라고 쓴웃음을 지었다. 장 사장도 놀랐다고 했다.

피자 가게 이전

　　　　　나는 바로 가게를 지하 1층으로 이사할 준
비를 했다. 같은 건물이라 이사하기는 수월했다. 더욱이 가게 설계
와 장식을 내가 직접 했다 보니 조립식 방법이라 옮기기가 쉬웠다.
새 장소는 지금의 장소보다 두 배 이상의 컸다. 부엌도 넓게 만들
고, 간이 벽을 만들어 방같이 꾸몄다. 더 아담하고 분위기 있게 말
이다. 한쪽 벽에 VIP Service로 먹다 남은 Key Box도 만들어 놓았
다. 음악은 조용한 외국 경음악으로 준비했다.

　가게 이사가 어느 정도 마무리되니 미국의 식구가 궁금해서 들어
갈 수밖에 없었다. 장 사장은 나에게 차비로 쓰라고 150만 원을 주
며 여기는 염려 말고 들어갔다 오라는 것이다. 나는 마음을 놓고 미
국으로 갔다. 그리하여 나의 인생의 변화와 시련을 안겨준 미국 생
활이 본격적으로 시작되었다.

미국서 첫 사업

　　🖋 미국에 돌아오니 무엇부터 시작하여야 할지 참으로 난감하였다. 나는 이곳 있을 때는 공부만 했기 때문이다. 알아보니 유학 시절에 남은 사람들은 가발 가게나 옷 무역 사업, 또는 부동산과 보험 Agent로 일하고 있었다. 나는 옷 무역이 어떨까 생각이 들었다. 그때 이 생각이 오늘날의 결과를 가져왔다.

　　나와 친분이 있는 분 중에 한국에서 공장 운영과 무역하시는 김 사장이 있었다. 이분은 토끼털옷과 가죽옷을 만들었는데, 소피아란 상표를 가지고 하셨다. 김 사장이 나에게 총판을 하면 어떠냐고 제안을 해왔다. 나는 오래전부터 무역 사업에 큰 관심을 가졌기에 첫 사업으로 토끼털옷과 가죽옷 무역을 시작했다. 토끼털옷과 가죽옷은 다른 옷보다 고급이며 옷이 비싸다. 가죽옷은 미국 사람들이 선호라는 제품이고, 토끼털옷은 흑인들이 좋아하는 제품이었다.

　　나는 LA Down Town 근처에 창고와 Show Room을 차렸다. 회사와 상호는 'Roots Fashion'으로 정했다. 이것이 나의 미국 첫 사업이다. 잠시 사업 얘기하기 전에 LA 교포 사회의 역사를 얘기해보겠다.

LA 교포 사회 역사

교포는 하와이 한인들이 50년대에 LA로 온 것으로 시작된다. 한국에서 온 유학생들과 같이 자리를 잡았다, 60년대에 들어서 유학생들의 숫자가 늘어나기 시작하면서 한인 타운이 차차 형성되기 시작되었다. 70년대에 들어와 한국의 김신조 사건 이후, 함경도 사람 중심으로 이북 사람들도 많이 들어왔다. 특히 서독 광부나 간호사들이 많이 들어왔다. 그들은 서독에서 어려운 일을 했기 때문에 무슨 일이든 할 수 있는 사람들이다.

유학생들은 차차 한인 사회에서 사라져 갔다. 사람들은 부동산이나 보험 Agent 그리고 차 판매원으로 자리 잡아 갔다. 서독에서 온 광부들은 마켓이나 음식점을 Olympic Blvd 중심으로 자리 잡기 시작했다. 그 대표적인 분이 서독 광부 출신 이희덕이다. 그는 Olympic Market을 차렸다. 그리고 부동산업자 소니아 석이 Olympic Blvd을 중심으로 부동산을 많이 팔았다. 그 소문을 듣고, 미국 각 지역에서 살고 있던 사람들이 많이 몰려오게 되었다.

유학생 출신들은 가발 장사나 옷 무역을 시작했다. 한국에서 오신 분과 타 주에서 오신 여자들은 옷 공장에서 대부분 일했다. 언어 문제도 있고, 그것이 제일 쉽게 할 수 있는 일이기 때문이다. 나도 그 당시 이민으로 다시 들어와 옷 무역을 시작했다.

지미 카터 정부가 들어서면서 불경기와 휘발유 파동까지 벌어졌다. 아침 일찍 주유소에 줄을 서서 기다리는 현상이 일어났다. 경제가 어려움에 처했다. 그런 반면 중동 사람들은 호황을 누리며 비싼 지역 Beverly Hill에서 살게 되었다. 백인들이 운영하던 주유소들은 문을 닫아야 했는데, 주유소에서 일하던 한국 사람들이 이런 주유소를 많이 인수하였다. 그들은 주유소와 정비소를 겸하여 썼다.

한편 남미 아르헨티나를 비롯해 브라질에서 LA로 몰려왔다. 그들은 이곳에 와서 옷 공장을 많이 했다. 그러자 정상적으로 옷 무역을 하던 무역업자들의 손해가 발생했다. 옷 무역할 경우 미국에 들어오는 기간이 3개월 정도 걸렸다. 그들은 싼 재료를 사용하고, 자바란 가게를 만들어 도매상을 했다. 옷 무역업자들이 그만둘 수밖에 없었다.

80년대에 들어서서 한국 광주에서 5.18 폭동 사건이 일어났다. 그 이후, 전라도 사람들이 폭포처럼 몰려왔다. 미국 각기 각처에서 외국인과 같이 살던 호남 사람까지 LA로 몰려들었다. LA에 오면 과거 신분도 감출 수 있었다. 그들은 시민권도 가지고 있기 때문이다. 한국에서 부모와 형제들을 다 초청하여 옷 공장이나 건물 밤청소로 돈을 벌게 되었다. 일 년 안에 차도 사고, 집도 살 수 있게 말이다. 그 사람들은 한 아파트에서 한방으로 6명에서 18명까지 살았다. 그때 당시 치안이 좋지 않은 동네는 집값이 저렴해서 3만 불이면 살 수 있었다. 그들은 치안이 안 좋은 동네에 들어가 Market이나 Liq. Store를 했다. 한국에서 갓 온 사람들을 대상으로 한국 부동산 업계와 차 Dealer가 돈을 많이 벌었다. Olympic Blvd와 Western St.에 한인 회관도 생겼다. 2000년 이후 얘기는 생략하겠다.

Roots Fashion

꧁ 다시 Roots Fashion 사업 얘기를 하겠다. 사업을 시작했으나 비싼 가격 탓에 반응은 좋지 않았다. 예상보다 투자가 많이 들어가 좀 긴장이 되었다. 무역을 처음 시작하여 무역 책도 많이 사다가 배웠다. 집도 Whitter에서 LA Down Town과 중간 지점인 Montebello 지역으로 이사했다. 선전용으로 사용하기 위해 취급하는 제품들을 모델을 써서 사진 찍어 견본 책도 만들었다.

시련의 시작

회사 창고에 도둑들이 냄새를 맡기 시작했다. 하루는 새벽 4시에 경찰서에서 전화 연락이 왔다. 우리 회사 창고에 도둑이 들어와 물건들을 싹 쓸어갔다는 것이다. 그 새벽에 차를 타고 회사로 갔다. 창고 문은 완전히 부서지고, 물건들은 싹 쓸어간 것이다. 경찰은 이미 없었다. 나 혼자서 창고를 바라만 봐야 했다. 그 생각만 하면 소름이 끼친다.

회사와 창고에 알람을 설치했는데 알람 회사는 무엇을 했는지 이해가 가지 않았다. 아침이 될 때까지 사무실에 앉아있다가 날이 밝자마자 알람 회사와 보험 회사에 연락했다. 알람 회사에서는 책임이 없다고 하고, 보험 회사에서도 보험에 맞게 처리해 준다고만 한다. 심지어 LA Down Town 지역에 있는 회사는 이런 사고가 자주 나기 때문에 보험을 취소시킬 수밖에 없다는 것이다.

계속 이 사업을 해야 할지 말지 고민이 되었다. 그러나 일단 시작했는데 이제 와서 포기할 수는 없기 때문에 나는 다시 투자하겠다는 생각으로 한국에 갔다.

한국 피자 가게 정리

    한국에 나가 장 사장에게 의논했다. 피자 가게는 생각보다 너무 잘되었다. 장 사장은 큰 집으로 이사도 했다. 나에게 무척 고맙다고 빨리 한국으로 나오라는 것이다. 한국에 나와 이곳에서 다시 자리 잡아야 할지, 미국에 있는 식구들을 위해 나를 희생해야 할지 다시 고민이 되었다. 그러나 내가 한국으로 나갈 경우 집사람은 나와 이혼하겠다는 생각이 굳건해서 한국에 정착할 수가 없었다.

  나는 장 사장에게 미안하다는 하면서 피자 가게를 장 사장에게 다 넘겨주었다. 장 사장은 나에게 1,500만 원을 미국 돈으로 바꾸어 주었다. 나는 허탈한 마음으로 미국으로 돌아왔다. 미국에 돌아와 회사를 다시 정비하였다. 제품들도 더 많이 샀다. 본격적으로 판매도 시작하였다. Shopping Mall을 비롯해 외국인 소매상 가게에다 말이다. 다행히 제품이 생각보다 인기가 있었다.

  그런데 3개월 동안 계속 크고 작은 절도를 4번이나 당했다. 첫 번째 도둑 이후 보험도 없는데 말이다. 네 번째 도둑을 맞을 때는 첫 번째 도둑맞은 현상과 똑같이 창고에 들어와 싹 가지고 갔다. 그때도 새벽이라 급히 차를 몰다가 옆집 차와 접촉 사고까지 나고 말이다. 참으로 죽고 싶은 심정이었다. 그 많은 돈을 단지 3개월 만에 다 잃어버렸다.

그때 나는 신앙적으로 많은 반성과 회개를 했다. 20대 초반에 너무 많은 부와 명성으로 인해 교만과 욕심에 빠져있는 나에게 주어진 하나님의 심판이자 마귀의 시험이었던 것 같다. 성경의 욥기서처럼 말이다. 그래도 나는 하나님께 감사를 드린다. 육신을 건드리지 않으셨기 때문이다.

나는 앞으로 무엇을 해야 할지 참으로 어려운 상황이 되어버렸다. 미국에 들어와 몇 개월 만에 있던 재산이 '하루아침에 안개같이 사라졌으니' 말이다. 옛말에 첫 단추를 잘 끼워야 다음 단추도 잘 꺼진다는 말처럼 첫 단추를 다시 끼우기로 했다. 나는 무역 회사에 들어가 더 배우기 위해 한국 신문을 사서 구인 광고를 살펴보았다. Johnny International이란 무역 회사에서 직원을 구한다고 광고가 나왔다.

Johnny International Company

Johnny International 회사에 방문하였다. 한 부사장이 나를 면접하고는 내일부터 근무할 수 있느냐 물었다. 좋다고 말씀드렸다. 사장은 한국에 출장 중이었다. 그다음 날 출근하니 나에게 회사 관리 책임자라는 직책을 주었다. 본인 바로 밑에서 데리고 쓰고 싶었던 것 같다.

무역 회사는 남자 신사복과 바지, 셔츠들을 취급하는 큰 회사였다. 위치는 LA Down Town 안에 있었다. 사무실에는 한국 사람과 외국인 판매원이, 창고에는 한국 사람과 멕시코 사람이 근무했다. 처음부터 내가 책임자로 들어가니 회사 직원들이 이상하게 생각하는 것 같다. 한 부사장은 나를 무척 좋아했다. 퇴근하면 서로 잘 어울렸다. 진 사장은 은근히 불만과 질투가 있었던 것 같다. 본인도 한국서 미스터 곽이란 사람을 데리고 와 자기 비서로 썼다.

연말이면 매년 직원들에게 보너스를 주었다. 진 사장은 나를 자기 방으로 불렀다. 나에게 한 부사장에게 하는 것같이 자기에게 충성심을 보이라는 것이다. 미스터 곽처럼 말이다. 진 사장과 한 부사장은 동업 관계였다. 나는 진 사장에게 내가 일하는 데 문제가 있느냐고 물었다. 진 사장은 그것은 아니지만 만약에 본인 말을 안 들으면 올 연말 보너스는 없다는 것이다. 나는 참을 수 없어서 양복 속에서 회사 명함을 꺼내 진 사장 얼굴에 뿌리고는 회사를 그만두었다.

내 나이 30대로 들어섰다. 가족도 5명이다. 앞으로 어떻게 이 난관을 극복해 나가야 할지 고민이었다. 잠시 옷 사업에서 벗어나야 한다는 생각이 들었다. 나는 항상 어떤 어려움이 있을 경우, "두들겨라. 그러면 문이 열릴 것이다."라는 주님의 말씀을 기억한다. 나는 생각 끝에 정부의 EDD 사무실을 찾아갔다. 내 일생에 처음 가보는 직업 소개소이다. 담당자와 여러 얘기를 하던 중, 지금 막 일본 식품 회사에서 직원을 찾는다는 것이다. 주소는 LA. Down Town 내 16th Street였다. 회사 이름은 'Fish King'며, 두 건물의 공장으로 큰 회사였다.

Fish King's 일본 식품 회사

회사에 들어서니 사무실이 있고, 그 뒤에 공장이 있었다. 사무실 문을 열고 들어가 취직 때문에 왔다고 말했다. 여직원이 나를 가만히 쳐다보고, 방으로 인도해 주었다. 방에 있는 젊은 분이 나에게 무슨 일을 했느냐 물었다. 나는 나를 소개해 주며, 이력서를 보여주었다. 이 회사는 가족들이 같이 운영하는 회사이다. 모든 관리 총책임자는 사장의 조카 탐 가와구찌이다. 그는 나에게 내일부터 일할 수 있느냐고 물었다. 나는 할 수 있다고 대답했다. 미국에서 직장을 구할 때 그 회사에서 나중에 연락을 주겠다는 것은 불합격이다. 나 같이 내일 당장 일할 수 있느냐 물으면 합격이라고 생각하면 된다. 또한 직장에서 일할 때는 반드시 책임자 직책에서 나와야 다음 직장에서 그 직책으로 일할 수 있다.

첫날 회사로 출근했다. 나를 제일 힘든 부서로 인도했다. 그곳에 다름 아닌 제품의 재료가 제일 먼저 시작하는 부서다. 공장은 새우와 생선을 가공하는 식품 회사이다. 새우일 경우, 50파운드 새우와 얼음까지 섞으면 근 60파운드 가까운 무게의 상자를 열어 물탱크 속으로 집어넣고 녹인다. 내가 그 부서에 배치되었다.

유니폼을 입히고 그 일부터 시켰다. 참으로 무겁고 차가웠다. 나는 언 새우를 건져 공장 안으로 가지고 가서 긴 테이블 위에 새우를 올려놓고 얼음 가루를 약간 덮어야 한다. 그러면 대기하고 있는 여자들이 테이블 양쪽에 서서 새우 껍질을 열심히 깐다. 나는 그 부서에서 근 한 달 동안 일했다.

나는 한 달 후, 여자들이 새우 껍질을 깐 새우를 가공하는 부서로 옮겨주는 일을 2주 정도 했다. 그리고 완성된 제품을 작은 짐차가 들어갈 수 있는 큰 냉동 창고에서 일을 시켰다. 심지어 박스를 인쇄하는 부서에서까지 일을 하였다. 새우 공장 건너 건물인 생선 공장에 가서 냉동된 생선을 놓는 부서에서도 일했다. 나는 생선을 사이즈에 맞게 자르는 일까지 했다. 내가 놀란 것은 사장도 직접 나와 같이 생선 잘랐다. 사장은 나에게 생선 자르는 방법과 요령을 가르쳐 주었다. 나는 그분에게 많은 것을 배웠다. 처음에는 너무 힘이 들어 일을 그만두고 싶었다. 그러나 나는 차차 흥미가 생겼고, 일에 익숙해졌다.

그렇게 해서 3개월이 흘렀다. 어느 날 탐 가와구찌가 나를 불렀다. 나에게 정식 부서가 결정된 것이다. 그 부서는 공장에서 가장 중요한 부서였다. 바로 전 공장을 감독하고, 제품 재료와 완제품 검사와 허가해 주는 Quality Control 부서다.

Fish King's 제품 관리 부서

    Quality Control 부서에 Dr. Ready란 인도 박사가 있다. 매일 정부에서 나온 Food 검사원도 있다. 여자 조사원 3명이 일하고 있다. 정부에서 나온 Food 검사원은 아침 일찍 출근하였다. 나와 함께 공장이 열기 전에 전기를 끈 상태에서 공장 위생 검사를 한다. 혹시 쥐나 벌레가 있는지, 공장 작업장에 들어오는 여자 직원들의 복장과 머리 Cover를 제대로 했는지 말이다. 그리고 나서야 공장 문을 열 수 있다.

나는 항상 정부 검사원 옆에 붙어 보조 역할을 했다. Dr. Ready는 제품이 외부로 판매되기 전에 우리의 검사 결과를 보고, 서명하여 제품이 나갈 수 있도록 해준다. 나는 정부 검사원과 친해졌다. 아침 일찍 출근하여 검사가 끝나면 Coffee Truck를 기다려 아침 식사도 한다. 보통 오후 3시 전에 퇴근한다.

나는 그를 Bob이라 불렀다. Bob은 유대인으로 나중에 정부 검사원을 그만두고 유타 주 시장까지 되었다. 그는 자기가 오늘날까지 살아온 얘기도 나에게 많이 했다. 자기가 어떻게 돈을 모았으며, 자기의 사생활을 비롯해 가족 얘기까지 말이다. 그때 당시 그는 Garden Grove에 집과 부동산이 한 부락을 차지했다. 그의 형은 Disneyland의 전문 의사였다. 의사라서 수입이 좋아 세금도 많이

냈다. 자기 형은 나라에 내는 세금을 놀고먹는 쓰레기 같은 인간들이 소비하는 것을 싫어한다고 했다. 또한 그는 많은 양자를 전 세계에서 데리고 와서 아파트를 제공해 주고, 학교도 졸업시키고 결혼도 시켰다. 그 중에는 한국 애들도 있다고 한다. 대단한 유대인 가족이다.

나는 아침 시간에 여자 직원들이 공장으로 들어올 때, Bob과 같이 공장 문 입구에서 매일 검사한다. 마치 고등학교 규율 부장이 학교 정문에 서 등교하는 학생들 복장 검사하는 것 같이 말이다. 이것이 다 나의 운명 같아서 속으로 웃기도 했다.

새 우

🦐 새우 색깔에 대해 말하겠다. 제일 많이 취급하는 것은 브라운색, 핑크색, 흰색, 바나나색, 타이거 색이다. 크기는 Under 10, 15, 20, Jumbo Size가 있는가 하면, 21-25, 26-30, 31-35, 36-40 그리고 칵테일용이 있다. 그 크기의 기준은 한 파운드에 얼마나 숫자의 새우 크기가 결정된다. 보통 마켓에서 판매되는 새우 크기는 보통 20-25나 26-30가 많다.

질에 대한 검사에서 제일 중요한 것은 냄새다. 냄새에는 기름 냄새와 암모니아 냄새가 대표적이다. 새우가 오래되면 새우 등판에 검은 점들이 생긴다. 또한 새우 마디마다 검은 줄이 생긴다. 이때 냄새도 많이 난다. 새우를 살 때 이 점을 고려해서 고르길 바란다.

생선과 굴 그리고 조갯살은 냄새와 Texture를 보면 오래됐는지를 알 수 있다.

위기는 기회

         회사에 난리가 났다. 만든 제품들이 밖에 나가려면 반드시 정부 검사원에게 검사를 거쳐 합격이 되어야 나갈 수 있는데 불합격이 나온 것이다. 냉동실 안에 있는 제품들을 팔 수가 없게 되었다. 냉동 창고는 작은 짐차가 들어가 움직일 수 있는 큰 냉동실이다. 며칠 동안 만들어 놓은 제품이 꽉 차있었다. 밤새 냉동실에 문제가 있어 이런 현상이 일어난 것이다. 보통 정부 검사원은 냉동실 문 앞에서 Sample을 가지고 검사하였다. 그런데 그날 규정 숫자에 못 미친 것이다. 정부 검사원은 여러 Sample을 가지고 Pass 시키려고 해도 계속 불합격 판정을 내릴 수밖에 없다. 회사에 엄청난 손해가 일어난 것이다. 회사는 비상사태가 되었다.

  공장 작업 시간은 끝이 났다. 사무실 직원들만 남아있게 되었다. 나는 퇴근할 시간 한참 지났지만 정부 검사원을 열심히 도와주고 있었다. 책임자 Dr. Ready는 무책임하게 퇴근해 버렸다. 만약에 Sample을 냉동실 안 끝부분에서 가지고 와 검사하면 평균치로 Pass 할 수 있을 것 같다. 그런데 냉동실 문 앞까지 제품들이 꽉 차있다. 나는 죽음을 무릅쓰고, 두꺼운 잠바를 입고 냉동실 안으로 들어갔다. 제품 위를 조심스럽게 올라가 냉동실 끝부분까지 갔다. 만약에 제품 선반 위에서 하나라도 미끄러져 넘어지면 그 안에서 얼어죽을 수 있다. 참으로 위험한 짓이다. 그런데 나는 그곳에서

Sample 몇 개를 가지고 나왔다. 그 Sample 사용하여 드디어 평균치를 만들었다. 회사 사장은 물론이고, 사무실 직원과 정부 검사원도 너무 기뻐하며 좋아했다. 나도 왜 그렇게까지 했는지 모르겠다.

그다음 날 Dr. Ready는 해임됐다. 그리고 내가 그 자리에 앉게 되어 나보고 회사에서 Dr. Lee라고 불렀다. 나는 '위기를 기회'로 만든 것이다. 이 일이 공장에 소문이 퍼져 직원들이 나를 대하는 것이 달라졌다. 사장님은 나에게 특별 휴가를 1주일 주면서 가족과 여행 다녀오라고 보너스도 주셨다.

그 당시 회사 직원이 약 천 명 정도였다. 대부분이 멕시칸이 많았다. 중요한 위치에는 일본인들이 책임자로 일했다. 내가 처음 일을 할 때는 한국 사람이 14명이었다. 내가 있는 동안에 60명이 넘었다. 대부분 내 친척이나 친구들이 들어왔다. 나는 취직을 시켜주는 조건으로 내가 다니는 교회로 나오라고 전도했다.

Fish King's 마사시 가와구치 사장

    Fish King 회사 사장은 일본 사람이다. 그는 처음 LA Down Town 근처에서 생선튀김 가게로 시작하였다고 한다. 어느 날 손님이 그의 음식을 먹고 이것을 대량으로 만들 수 있다면 우리 회사에서 사 줄 생각이다며 제안을 했다고 한다. 그 회사가 그때 당시 제일 큰 Safeway Supermarket이다. 그는 가족, 친척들과 의논하여 공동 투자로 지금의 Fish King 공장을 만들었다 한다. 본인의 상표는 Mrs. Friday로 하고, Safeway Supermarket을 OEM으로 하고, 새우, 생선튀김을 Pre-Cook 형식으로 말이다.

그는 대성공을 한 것이다. LA Down Town에 자리 잡고 있는 일본 사람은 대체로 히로시마 사람들이 장악하고 있다. 사장 마사시 가와구치는 일본 타원에 절까지 크게 지었다. Fish King 공장과 그가 만든 절은 일본 관광객 대상 관광 코스가 되었다. 일본 관광객이 오면 내가 공장도 구경을 시켜주었다. 일본 신문에 내 사진도 나왔다. 일본 관광객들은 사진기와 트랜지스터 라디오를 들고 내 설명을 녹음하기도 했다.

내가 근 5년 동안 일본인으로 많은 것을 배웠다. 그들의 민족성과 단결심 말이다. 어릴 때부터 조직 속에서 자라 교육받고, 순종과 정직한 민족이라 생각이 된다.

Hi Kid Fashion

✑ 나는 직장 생활을 하면서 LA Down Town 근처 White Memorial Hospital 앞에 장소를 얻어 아동복 가게를 내고 매장을 내가 직접 꾸몄다. 모든 것을 나 혼자서 말이다. 아동복 가게를 하게 된 이유를 설명하겠다.

내가 LA Down Town에서 무역 회사에 있을 때, LA Down Town 안에서 제일 잘 되는 Am Ko란 아동복 가게가 있었다. 거기 Robert Kim 사장이 나에 대해 관심이 많았다. 하루는 나를 만나자고 연락이 왔다. 그는 박동선 형하고 수산 사업을 하려고 준비했다. 옷에 대해 잘 알고 있지만 수산에 대해 잘 모르니 나의 도움이 필요했던 것이다. 자기를 도와주면 아기 옷 가게를 차려 주겠다는 것이다. 그래서 나는 장소를 찾아 가게를 꾸미게 되었던 것이다. 한 번도 일을 안 해본 집사람에게 경험도 될 겸 말이다.

가게는 그런대로 운영해 나갔다. 어느 주말 낮에 권총 강도 2명이 가게에 들어와 현금과 옷들을 훔쳐 갔다. 미국에 와서 강도와 도둑이 내 인생을 망쳐놓으니 참으로 하늘이 원망스러웠다. 하지만 죽지 않은 것만 다행으로 여겨야 했다. 미국에서는 강도와 도둑으로 한국 사람들이 많이 죽었다.

아동복 가게는 근 1년 정도 하다가 그만두었다. 직장 생활과 가게 운영을 하기가 너무 힘이 들었다. 가게의 선반을 비롯해 장비들을 다 집으로 가지고 왔다.

마지막 의류 사업 도전

의류 사업에 미련이 남아서 깨끗하게 정리하지 못했다. 집에 있는 장비만 보면 또 옷 가게를 생각하니 말이다. 집사람이 아동복 가게에 경험이 있으니 옷 가게 장소를 신문을 통해 알아보았다. LA 공항 근처인 Beverly Hill란 Inglewood, Market St.에 Jr. 옷 가게를 싸게 빌려준다는 기사가 있었다. 그 동네는 흑인 상류층들이 많이 사는 동네다.

건물 주인은 백인 종업원을 데리고 큰 옷 가게를 하고 있었다. 우리가 그 옆에 조그만 장소에서 Jr. 옷을 취급하길 원했다. 건물 주인은 인상이 좋게 보였다. 내가 원하는 대로 해 주겠다고 붙잡았다. 나는 결정하여 계약했다.

Limit Partnership

✒ 나는 이미 시설된 옷 가게로 JR. 옷 가게를 열었다. 가게는 생각보다 장사가 잘되어 갔다. 옆 가게와 연결된 가게라서 많은 도움을 받았다. 어느 날 건물 주인이 나를 보자고 했다. 자기 하고 Limit Partnership로 같이 사업을 하자는 것이다. 나에게 전체를 운영하라고 말이다. 그리고 한국 옷 무역 사업도 하자는 말이다. Limit Partnership은 나는 투자 안 하고, 상대방 Partner가 전체 자본을 투자하겠다는 것이다. 나의 능력을 믿고 말이다.

나는 고민 끝에 수락했다. 제일 먼저 직장을 그만둘 수밖에 없었다. 일본 회사에서는 섭섭해하며 나를 놓지 않으려고 했다. 본격적으로 가게 건물 2층에 무역 사무실을 차렸다. 한국을 방문하여 옷 공장도 찾았다. 나는 물건까지 주문해 놓았다.

나에게 닥친 불행

회사에 나오니 Mr. Koo한테 전화 연락이 왔다. 본인 아내가 갑자기 쓰러져 병원에 있다는 것이다. 이게 무슨 날벼락 같은 소리인지. 나는 병원으로 급히 달려갔다. 한인 타운에 있는 작은 한국 병원에 입원하고 계셨다. Mrs. Koo는 얼굴에 산소 마스크를 썼고, 혼수상태였다. 한눈에 봐도 너무나 위급한 상황같이 보였다. 나는 Mr. Koo에게 지금이라도 미국 큰 병원으로 옮겨야 할 것 같다고 말씀드렸다. Mr. Koo는 의사가 괜찮아질 거라고 했으니 걱정하지 말라고 했다. 그리고 회사로 가라고 했다.

Mr. Koo는 Mrs. Koo가 쓰러졌을 때 바로 119에 전화 연락을 안 하고 한국 한의사한테 갔다고 한다. 아무리 과거에 운동선수라고 자랑하지만, 급한 환자를 한국 한의사한테 가는 무식한 사람이 어디에 있을까? 그는 평소에 북한 빨갱이 사상이 많았다. 북한에도 몇 번 갔다 왔다고 늘 자랑했다.

나는 걱정스러운 채로 병원에서 나올 수밖에 없었다. 회사에 가기 위해 고속도로를 타기 전 신호등에 걸려 서있었다. 그런데 운전석 거울에 갑자기 Mrs. Koo 얼굴이 비치지는 것이다. 나는 너무 놀아서 기절할 뻔했다. 그 시간에 Mrs. Koo는 하늘나라로 가셨다. 그때 나는 확실히 영혼이 있다는 것을 믿게 되었다. 나에게 너무 미안해서 보여주지 않았나 하는 생각이 든다. Mrs. Koo는 늘 성경책을 보시고, 착하게 살려고 노력하신 분이었다.

죽고 싶은 심정

🖋 그 일이 갑자기 생긴 이후, 회사가 큰 문제가 되었다. 그동안 Mrs. Koo에게 빚이 많았다. 그 빚이 나에게 왔다. 내가 공동 책임자로 되어있기 때문이다. 회사만 아니라 가게도 연관되어 있었다. 모든 빚쟁이가 나에게 빚을 갚으라는 것이다. 더욱이 내가 CFO로 되어있기 때문이다. 하루에도 빚 독촉 전화가 몇 번이나 걸려왔다. 그것도 적은 돈이 아니라 그때 당시 근 6만 불 정도다. 건물은 Mr. Koo 명예로 되어있는데도 사업에 관해 다 내가 책임을 져야 할 판이었다.

정말로 죽고 싶은 심정이었다. 나는 왜 큰 사업을 하려면 마귀가 먼저 와 해보지도 못하고 이런 시련과 고통을 겪는 건지. 10여 년 전 미국에 들어와 시작한 첫 사업도 도둑으로 인해 몇 달 만에 있던 재산을 싹 날렸다. 이번에도 사업도 제대로 해보지도 못하고 이런 일이 일어났다. 그것도 내가 진 빚도 아닌 남의 빚 때문에 말이다.

자살과 회개

사람이 살다 보면 앞뒤가 콱 막힐 때가 있다. 그럴 때 머릿속은 텅 비고, 앞이 막막해서 아무 생각 없이 이성을 잃게 된다. 나도 이런 상황이 되어버렸다. 누구도 나를 도와주는 사람이 없다. 현실 속에서 해결할 방법이 없다. 죽음밖에 없었다.

한쪽은 마귀의 속삭임 있고, 한쪽은 천사의 말림이 있다. 악과 선의 싸움이다. 그때 마귀가 지시와 방법을 가르쳐 준다. 자살 방법을 말이다. 사무실 천장에 있는 전등이 갑자기 밑으로 내려온다. 그리고 넥타이를 풀어 전등 묶는다. 의자 위에 올라간다. 의자를 발로 차면 된다. 이런 방법을 속삭인다.

그러는 한편으로 천사는 그렇게 죽으면 가룻 유다같이 영원한 지옥불로 떨어질 것이라고 속삭인다. 그때 나는 정신이 들었다. 나는 하나님께 회개하며 한없이 울었다. 그리고 책상에 엎드려 잠이 들었다.

도전과 기쁜 소식

전화벨 소리가 울렸다. 잠결에 수화기를 들었다. 전화기 속에서 "당신이 Mark Lee이냐"고 묻는다. 그렇다 대답했다. 내가 필요하다고 말한다. 꿈을 꾸고 있는지 분간이 안 간다. 꼭 하늘에서 나에게 전하는 목소리 같다. 나는 정신을 차리고 당신은 누구냐 물었다. 본인을 John Page라 소개하면서 자기 회사에 내가 필요하다고 했다. 나는 얼마 전만 해도 죽느냐 사느냐 했는데 말이다.

나는 John Page에게 무슨 회사냐고 하니 그는 Travelers Express 회사라고 말해 주었다. 나는 American Express는 아는데 너희 회사는 잘 모르겠다고 대답했다. John Page는 Greyhound Bus는 아느냐 물었다. 나는 안다고 대답했다. Greyhound Bus와 같은 회사라고 말해 주었다. 어디에 있느냐고 물었다. 그는 본사는 Minnesota에 있고, 지사는 Garden Grove에 있다고 한다. 언제 지사에 와서 면접을 볼 수 있느냐 물었다.

도저히 믿어지지 않은 일이 벌어진 것이다. 나는 하나님께서 새로운 길을 열어주신다는 생각이 들었다. 하나님께서는 인간이 생각하지 못한 일을 계획하시고, 열어주신다는 것을 확실히 믿기 때문이다.

주위 사람들에게 Travelers Express 회사에 대해 물어보았다.

Travelers 회사는 금융회사 중에 엄청나게 큰 회사라는 것이다. 나는 결정했다. 새로운 세상으로 나가기로 말이다.

의류 사업 포기와 금융계 진출

　　🖋 미국에 다시 들어와 10년간 도전했던 의류 사업은 끝을 맺었다. 내 인생의 쓰라린 추억으로 말이다. 그리고 Traveler Express 회사에 연락하여 면접 날을 약속 잡았다. Traveler Express Parking lot에 도착해서 차 안에서 하나님께 기도를 드렸다. 모세와 같은 담대함과 솔로몬 같은 지혜를 달라고 말이다.

　회사 사무실에는 본사 미네소타에서 부사장과 지사장 그리고 직원 총책임자 Bob Page 이렇게 3명의 간부가 나를 기다리고 있었다. 그들은 자기소개를 하고 반갑게 맞이했다. 나는 그들이 얘기하기 전에 나도 모르게 그들에게 나는 비싼 사람이라고 얘기했다. 그리곤 나의 조건을 거침없이 얘기해 주었다. 그들은 가만히 경청하고, 어이가 없다는 듯이 웃으며 자기들도 그런 혜택을 못 받는다고 했다. 일단 그들은 의논하여 생각 좀 해보겠다고 했다. 그들의 눈치가 내가 당당하게 얘기하는 까닭이 있다고, 흥미 있게 생각하는 것 같다. 나는 내가 그런 혜택을 받을 자격이 있다고 인정할 때 연락해 달라고 말했다. 며칠 후에 John Page한테 연락이 왔다. 다시 만나자고 말이다.

Traveler Express Company

    Traveler Group은 대규모 금융회사다. 자회사로 Greyhound Bus와 Dial 비누까지 가지고 있다. 직원만 미국 내 몇천 명을 될 것이다. 거기에 은행을 융자해 주는 회사다. 그리고 'Money Order'란 수표도 발행한다. 많은 지사 중 Garden Grove 지사가 서부 California 지역을 맡고 있다. 사무실의 직원만 백 명이 넘는다.

  내가 지사 사무실에 도착하니, 나에게 교육 스케줄과 책을 주었다. 3개월 동안 교육을 받아야 된다는 것이다. 그전에 반드시 지정하는 병원에 가서 신체검사를 해야 한다고 해서 나는 알려준 병원에 가서 신체검사를 하였다. 그리고 Hollywood에 있는 형사 조사실에서 거짓말 탐지기를 통과해야 한다고 조사실 주소를 주었다. 왜냐하면, 앞으로 근무하면 현찰과 수표 Money Order를 취급하기 때문이다. Hollywood에 가서 난생처음으로 거짓말 탐지기에 조사도 받았다. 가슴과 손가락에 검사 기계 줄을 연결한 다음 앞만 바라보라고 했다. 그 상태로 검사원의 물음에 대답했다. 무슨 죄인같이 말이다. 며칠 후에 모든 Test에서 합격했다고 연락이 왔다.

South LA, Agent 총책임자

　　　　　　　　✎ 매일 스케줄에 맞추어 이론과 실습 교육
을 받았다. 집에서도 열심히 공부했다. 1개월이 지났을 때, 더 이상
교육받기가 싫었다. 시간 낭비 같아서 말이다. 나는 John Page한테
건의했다. John Page는 Irish 개통 사람이라 성격이 화끈한 사람이
다. 무엇보다 나를 무척 좋아한다.

　John Page는 나를 LA County South 지역에 Agent 총책임자로 임
명했다. South LA 지역은 참으로 위험한 지역이다. Black People과
Mexican인들 70% 이상 차지하고 있는 지역이다. 백인들이 무서워
하고, 싫어하는 지역이다. 지난 1965년도에 Watts Area인 Comp-
ton에서 큰 폭동이 일어나기도 했다.

　나의 Agent는 대부분 Liq. Store, Market, Check Cashing Store들
이다. 약 500 Agents가 있다. 나는 그들의 관리 책임자로 감사도 하
고, Agent 신청도 받고, 열어주기도 한다. 주로 밖에서 근무한다. 감
사할 경우에는 일단 사무실에 들어가 자료를 받고 Audit 하러 간
다. Agent가 부도나 문제가 생겼을 때 말이다. 한국 사람들은 목숨
을 내놓고 위험한 지역에서 Liq. Store나 Market을 많이 했다. 회사
에서는 나에게 회사 차도 주고, Credit Card도 주었다. 위험성이 따
르니 생명 보험도 들어주었다.

우승 상금과 상패

🖋 Traveler Express에서는 매달 그달의 책임자 우승자를 뽑는다. 미국 내 각 지역 Agent 책임자를 상대로 말이다. Agent의 관리를 잘하고, 실적이 좋은 사람에게 주는 상금과 상패라서 누구나 가지고 싶어 한다.

나는 Traveler Express 회사에 8월에 입사했는데, 10월부터 11월, 12월 3개월을 연속으로 우승했다. 회사에서 최초로 일어난 일이었다. Garden Grove 지사는 물론이고, 본사까지 소문이 났다. 상패도 받고, 상금으로 만 불을 3번 받았다. 그 일로 Garden Grove 지사장이 본사 부사장이 되었다. 이곳 지사장은 john Page가 되었다.

나는 상금으로 빚도 정리했다. 이 무렵에 한국에서 어머니가 미국으로 들어오셨다. 내가 직접 방을 Addition해 더 만들었다.

코리아 마피아

내가 일하고 있을 때, 일어난 얘기를 하고 자 한다. 가장 잊을 수 없는 사건이다.

회사에서 비상이 생겼다. 흑인 위험 지역인 Compton, Check Cashing Store에서 NSF, 130, 600불이 났다. 회사에서 수없이 연락해도 아무런 대답이 없다. 백인들이 제일 무서워하는 지역이라 내가 해결할 수밖에 없다. 나는 가게로 급히 찾아갔다. 다행히 문이 열어있었다.

나는 가게 안으로 들어갔다. 사무실에서 주인이 전화를 하고 있었다. 나는 Money Order 회사에서 왔다고 큰 소리로 얘기했다. 보통 Check Cashing store는 홀이 있고, 두꺼운 방탄유리로 만든 벽 뒤에 사무실이 있다. 사무실로 들어가려면 철문을 통해 들어가야 한다. 그는 내 소리를 듣고 손짓으로 가라고 했다. 나는 다시 한번 얘기했다. 그는 대꾸도 안 했다. 나는 화가 나 철문을 발길로 찼다. 전화하던 그는 바로 전화를 끊고 "당신 미쳤어!?" 하고 큰 소리를 쳤다. 내가 또 발길질을 하려고 하니 문을 열어주었다. 나는 사무실로 들어갔다. 그는 화가 잔뜩 난 목소리로 무엇 때문에 왔느냐 물었다. 나는 "네가 잘 알지 아느냐"고 하면서 "네가 낸 부도 130,600불을 받으러 왔다"고 얘기했다.

그는 돈이 없다는 것이다. 나는 Check Cashing 하는 돈을 싹 가지고 가겠다 하였다. 그는 미쳤느냐고 말했다. 나는 미쳤다고 대답했다. 그는 회사에 전화를 걸어 책임자를 바꾸어 달라고 해서는 John Page한테 어떤 미친 동양인 직원이 와 가게 문도 부수고 난동을 부린다고 말했다. John Page은 그 사람은 나도 못 말리는 미친 사람이라고 대답했다. 그는 바로 전화를 끊고 경찰을 부르겠다고 공갈을 쳤다. 나는 그렇게 하라며, 돈만 주면 된다고 했다. 그는 화가 났는지 벽에 걸려있는 장총을 꺼내 나에게 당장 나가라는 것이다. 나는 장총 구멍에 가운데 손가락을 넣고, 내가 알고 있는 미국 욕을 다 하며 쏠 테면 쏘아보라고 당당하게 대항했다.

결국 그는 포기하고 금고에서 현찰 130,600불을 꺼내 주었다. 나는 현찰을 확인하였다. 은행에 입금해야 할 텐데 지역이 참으로 위험해 겁이 났다. 내가 돈을 받은 다음부터는 다 책임이니까. 그에게 나와 같이 은행에 가자고 얘기했다. 다행히 가까운 거리에 은행이 있었다. 나는 은행에서 받은 Deposit 영수증을 회사로 가지고 들어갔다. 회사 직원들이 박수를 치며 좋아했다.

그런 일이 있는 후 South LA 흑인 지역에서는 내 별명이 '코리아 마피아'로 소문이 났다. 내가 흑인 가게에 들어가면 다 나를 알아 일하기가 편했다. 내 직업은 때에 따라 부도가 생기면 해결사 역할도 해야 하기 때문이다. 지금 하라 하면 못 할 것이다.

Money Order

🖋 Money Order는 일종의 수표 역할을 한다. MO는 2종류의 License로 나눈다. Bank와 Corporation이 있다. 일반적으로 Corporation License로 허가받아서 운영한다. Bank License를 하면 신뢰감이 있고 좋지만, 허가받기가 까다로워 보통 은행에서 사용하고 있다. 그런데 Traveler Express 회사는 유일하게 은행 라이선스로 운영했다.

MO 사용 절차는 이렇다.

1. MO 회사에서 Agent를 둔다.
2. Agent는 대체로 사람들이 많이 왕래하는 장소를 선택한다.
   (Market이나 Liq. Store, Check Cashing Store, Gift Shop 등)
3. MO 회사에서는 수표와 같은 MO 용지를 Agent한테 준다.
4. Agent는 MO 회사에서 까다로운 신용 조사와 서류 조사를 하여 Agent를 지정한다.
5. 지정된 Agent는 손님들에게 현찰을 받고 발급한다.

이때 발급할 수 있는 MO 금액은 300~500불이다. 대개 MO를 사용하는 사람들은 수표가 없거나 현찰 쓰기가 불편한 사람들이 많다. 멕시코 사람들은 불법 체류자가 많아 은행 수표가 없는 사람이 많다. 그들이 멕시코에 송금할 경우 MO 많이 사용한다. 특히 아파트 렌트비나 Utility 청구서를 MO로 지불한다.

백인이나 동양인들인 경우, 수표를 몇 장 쓰지 않으면 MO를 사용한다. Agent에서 3-4일 동안 판 모든 MO의 Copy 용지와 금액 그리고 Fee를 포함해 수표를 회사에 보내주어야 한다. 이때 MO 판 것을 제대로 안 보내고, Agent가 장난질하거나 보낸 수표가 부도가 생기면 그 지역 책임자가 Audit과 철저히 관리한다.

Q. MO 회사의 수입은 어떻게 생길까?

Agent가 손님에게 판 MO와 Report 금액이 회사로 들어온다. 그 돈이 회사에 들어왔지만, MO가 은행에 들어오기까지는 평균 한 달에 40~50%밖에 안 된다. 그러니 MO 회사에서는 그로 인해 큰 수입을 얻을 수밖에 없다.

Q. MO Agent는 어떻습니까?

그들은 MO를 판 현찰로 5~6일 동안 사용할 수 있다. 특히 Check Cashing Store 경우, 회사에 주는 MO Fee는 한 장당 평균 25-50 Cent를 Charge하고, 자기들은 2~3배 정도 손님한테 준다. 수표를 바꾸어 줄 때는 1.5-2%를 Extra로 Charge한다. 그리고 Money Order는 현찰로만 판매된다.

한인 식품 협회 창립(KAGOL)

🦅 황재선 사장한테 전화 연락이 왔다. 황재선 사장님께서는 General Money Order 회사를 경영하시고, 흑인 지역에서 큰 Supermarket도 운영하고 계시다. LA에서 처음으로 '한인 식품 협회(KAGOL)'를 창립한다는 것이다. 첫 모임을 LA 한인 타운 왕궁 중국 식당에서 하니 꼭 참석해 달라고 하셨다. 그날 나보고 연사로 '식품 연합회란 무엇인가'에 대해 강의를 해달라는 부탁이다. 과거 내가 한국에서 전국 식품 연합회를 만든 동기와 필요성을 얘기하며 회원들에게 협회의 중요성과 방향을 가르쳐 달라는 것이다. 그 이후, 현재 미국 내 한인 식품 협회(KAGRO)가 전국에 펴졌다. 그로 인해 황재선 사장과 친분이 생겼다.

나는 그 당시 Traveler Express 회사에서 LA 지역 책임자로 근무하고 있었다. Traveler Express와 General MO에서 문제가 생길 때, 해결사 역할을 했다. 어느 날 5년이란 세월 동안 나에게 GOD Father같이 잘해 주었던 John Page가 나를 불러 조금 있으면 퇴직을 할 것이라고 얘기했다. 그는 내가 실력도 좋고 능력도 있지만, 이 회사에서는 나를 부사장이나 지점장으로 승진시키지 않을 것이라고 했다. 당시 백인 사회에서는 눈에 보이지 않은 동양인에 대한 차별이 있었다. 동양인 능력이 있으면 월급은 올려주지만, 승진은 잘 시켜주지 않는 것 같다. 백인 사회에 깊이 들어가 일하면 느낄 수 있을 것이다. John Page는 정말로 걱정과 염려가 돼서 얘기하는 것 같았다. 그러면서 혹시라도 내가 Money Order 회사를 차릴 경우, 적극적으로 협조해 주겠다고 했다. 나는 또다시 고민에 빠졌다. 안정된 직장에서 벗어나 다시 도전해야 할지 말이다.

　나는 Money Order 사업에 관심이 많은 Agent 김 사장이 생각이 났다. 그를 찾아가 물어보았다. 김 사장은 LA Down Town에서 Check Cashing Store를 몇 개 운영하고 있었다. 재력가로 소문이 난 사람이다. 김 사장은 MO 회사를 만드는 데 들어가는 돈은 다 지원하겠다 한다. 그리고 나보고 사장으로 다 운영하라는 것이다. 이 모든 것을 John Page에게 다 얘기해 주겠다.

지 진

　　🖋 잠깐 Whittier와 Northridge 지진을 겪었던 얘기를 하겠다. 생전 처음 느껴본 지진은 1987년 Whittier 지진이었다. 그때 나는 Montebello 지역에서 살았다. Whittier 지역에서 그리 멀지 않은 지역이다. 그날도 아침 일찍이 일어나 직장에 가기 전 샤워실에서 열심히 머리를 감고 있었다. 머리에 샴푸를 잔뜩 묻히고 씻고 있는데 갑자기 물줄기가 마구 흔들렸다. 물 파이프에 문제가 있나 생각하고 대충 머리를 씻고 샤워실에서 나왔다. 조금 있으니 또 흔들려서 정신을 차리고 아이들 방으로 들어갔다. 애엄마는 혼자 살겠다고 애들은 남겨놓은 채 벌써 2층에서 밖으로 나갔다. 아이들을 진정시키고 같이 데리고 있었던 기억이 난다. 그 후에도 작은 지진들이 계속 있었다.

　또 한 번의 지진은 1994년도 Northridge에서 있었던 큰 지진이다. 그 당시 나는 Northridge 지역과 그리 멀지 않은 Beverly Hill 옆 Hollywood에서 살았다. 아침 시간에 잠을 자고 있는데, 갑자기 집 전체가 흔들리기 시작했다. 과거 Whittier 지진에서 경험했기 때문에 크게 당황하진 않았지만, 냉장고가 앞으로 밀려나고 응접실에는 TV를 비롯해 장식용품들이 다 쓰러지고 부서졌다. 심지어 벽에는 금까지 갔다. 베란다에 나가 보니 멀리 보이는 Fwy길이 끊어졌다. 산과 산 사이 계곡에서 들리는 소리가 괴물들이 우는 것 같아

아주 기분이 나빴다. 모든 주위가 아주 조용해졌다. 잠시 후 조금씩 흔들릴 때마다 더 공포에 떨었다. TV를 틀어보니 지진으로 인한 피해가 너무 심했다. 그때를 생각하면 지금도 무섭다.

LA 지진

Pan Am Money Order Company

✍ John Page가 회사를 퇴직했다. 나도 회사를 그만두었다. Traveler Express MO 회사에서 제일 중요한 직책인 Sales Manager, David Wilson과 Control Manager, Bob Bishop도 같이 따라가겠다고 그만두었다. 그들은 Traveler Express MO 회사에서 20년 이상 근무한 사람들이다. 그런데 우리와 같이 합류하여 일한다는 것이다. Traveler Express 회사에 핵심 인물들이 다 나온 격이 되었다. 1년 후, Traveler Express 회사 지사 사무실이 ¼로 주는 현상까지 되어버렸다.

4명의 핵심 팀은 본격적으로 회사 준비를 시작하였다. 김 사장과 시작하기 전에 John Page와 나는 Employee 계약서를 맺었다. 회사명을 'Pan Am MO Company'로 칭했다. 어떤 방법으로 회사를 만들 것인가 연구했다. 새로 Corporation License로 할 것이냐 아니면 기존에 있는 작은 Money Order 회사를 인수할 것이냐도 고민이었다. 빠른 방법으로 중동 사람이 하고 있는 MO 회사를 사려고 했으나 뒷조사도 해보고 Condition을 살펴보니 좋지 않아서 포기했다. 그런데 황재선 사장께서 그 소식을 듣고 나를 급히 만나자고 했다.

황재선 사장

      황재선 사장님을 만나니 Mark가 Money Order 회사를 차린다는데 사실이냐 물으셨다. 나는 "네."라고 대답해 드렸다. 황재선 사장님은 정말로 놀라셨다. 다른 사람은 몰라도 나와 경쟁할 수 없다고 말씀하시면서 내가 하자는 대로 다 해줄 테니 본인과 함께하자고 하셨다. 나는 참으로 난감해졌다. 황재선 사장님께서 미 주류 사회를 상대로 Money Order 사업을 하는 것으로 한인 사회에 알려졌는데 말이다.

  나는 황 사장님께 나 때문에 Traveler Express 회사에서 중요한 직책 간부 세 사람이 나를 도와주려 직장을 그만두었다고 말씀드렸다. 황 사장님께서는 John Page 그리고 Bob Bishop, David Wilson도 잘 알고 계신다. 그래서 그분들도 같은 직책으로 다 모시겠다는 것이다. 나는 김 사장과 Employment Agreement를 맺은 것도 말씀드렸다. 황 사장님께는 나에게 더 좋은 조건으로 해주시겠다고 했다. 황 사장님께서는 10년이란 세월 동안 열심히 일하셨기에 과연 내가 그와 경쟁할 수 있을까 고민이 되었다. 나는 일단은 팀들하고 상의해서 말씀드린다고 했다.

General Money Order Company

    황 사장님 만난 후, John Page과 Bob Bishop, David Wilson에게 모든 얘기를 하고, 그들의 의견을 들어보았다. 그들은 나의 결정에 따르겠다 하였다. 그 방법이 쉽고, 편하다는 것이다. 김 사장에게 너무나도 미안했지만, 잘 말씀드리고 이해를 부탁드렸다. 아무 문제 없이 잘 해결이 되었다. 황 사장님에게 그곳으로 간다고 말씀드렸다.

  General MO 회사의 규모는 Traveler Express 지사의 반 정도의 규모였다. 우리 네 사람은 첫 출근을 했다. 나는 General MO 회사의 Senior Vice President이고, John Page는 부사장 그리고 Bob Bishop은 Control Manager며, David Wilson에게는 Sales Manager의 직책을 임명하였다. 그들에게 회사에서는 새 차를 주고, 월급도 후하게 지불했다. 나하고 John Page에게는 Employment Agreement도 해주었다. 나에게는 특별히 고급 차와 회사 주식 10%까지 주었다. 황 사장님께서 최대한의 성의 표시해 주신 것이다.

  어떤 단체나 직장에서는 항상 불만 불평과 질투가 있는 법. General MO 회사에서도 당연히 있었다. 10년 전 초창기부터 일하고 있는 사람 몇 명이 황 사장을 찾아가 항의를 한 모양이다. 그러나 황 사장님께서 Mark Lee 부사장의 능력에 반만 되면 너희들도 그렇게 대접한다는 말에 아무 말도 못 했다고 한다. 결국 그들은 나의 지시에 따를 수밖에 없었다. 그럴 수밖에 없는 것이 그들은 한국 사람들이 운영하는 가게 중심이었으나 우리 네 사람은 미 주류 사회 큰 가게, Supermarket 비롯해 Chain Store를 상대로 했으니 말이다.

General MO는 순간적으로 큰 가게 Agent가 많이 생겼다. 회사의 발전이 날로 달라졌다. 10년 동안 작은 가게 Agent가 750개 정도였는데, 2년 반 만에 1,500개 이상의 Agent가 생겼으니 황 사장께서는 너무 기뻐하셨다. 다른 직원 모르게 보너스로 3만 불을 나에게 주셨다. 그때 나에게 사생활 문제가 생겼다.

결혼생활 파경

　　🖋 내 인생을 송두리째 바꾸어 놓은 일이 생겼다. 그것은 누구의 잘못이 아니라 내 인생의 운명인지 모르겠다.

　어느 토요일 오후에 집 차고 앞에서 차를 닦고 있었다. 그날따라 날씨가 참 좋았다. 동네 근처에 사는 친구 Edward Chae가 갑자기 찾아왔다. 그는 과거 예술인이었다. 아주 활동적이며 단체 모임을 아주 좋아하는 친구이다. 내가 도깨비라는 별명을 붙여주어 내 주위 사람들은 그를 그렇게 불렀다. 나하고 알게 된 것은 얼마 안 되었지만 친한 친구가 되었다. 그의 부인은 일본 교포이다. 아주 친절한 분이다.

　아무튼 그 친구가 갑자기 와서 오늘 저녁에 LA 한인 타운에서 오페라 음악회가 있다고 같이 가자는 것이다. 그는 내가 오페라를 좋아하는 것을 잘 알고 있었다. 극장 표는 자기 친구한테 극장에서 받기로 했다고 해서 그의 차를 타고 Western과 Wilshire Corner에 자리 잡고 있는 극장으로 갔다. Edward Chae는 친구를 만나 인사를 나누고 극장으로 들어갔다. 1막이 끝이 나고 잠시 쉬는 시간에 극장 홀에 나왔다.

　Edward Chae가 중년 여자 3분을 모시고 와 인사를 시켰다. 그리고 다시 오페라가 시작되었다. 오페라는 끝나고 나는 Edward Chae의 차를 타고 왔기 때문에 집에 갈 수가 없다. 그런데 Edward Chae

와 친구가 무슨 얘기가 있었는지 갑자기 극장 앞 Coffee Shop에서 인사한 받은 여자분들과 차를 마시자는 것이다. 그들을 따라가서 자기소개를 했다. 그들은 갑자기 가까운 술집에서 간단하게 한잔 하자는 것이다. 밤은 늦었는데 말이다. 그들은 나를 Beverly Blvd에 있는 한국 술집으로 데리고 갔다. 나는 꼼짝 못 하고 그들이 하자는 대로 따라갈 수밖에 없었다. 나는 그들과 있다가 집에 도착하니 새벽이 되었다.

여기서부터 문제가 생겼다. 아내는 그때까지 자지 않고 나를 기다리고 있었다. 아내는 왜 늦었냐고 화가 나서 나에게 물었다. 나는 사실 그대로 얘기해 주었다. 나는 미국에 들어와 참으로 피곤하고, 어렵게 살았다. 집, 직장 그리고 교회 생활이 나의 전부였다. 남들처럼 골프도 치고, 친구들과 만나서 술집이나 방황하는 생활은 나에게 먼 얘기였다. 주로 집에서 아이들을 돌봐주고, 시간 나면 차고에서 무엇이든 만들고, 집 청소와 정원 가꾸는 것이 내 취미 생활이었다. 그런데 오늘 같은 일이 생겼다. 뜻하지 않게 발생하게 되었다. 나는 피곤하여 잠이 들었다.

사탄 마귀의 시험

🖋 아침에 눈을 뜨니 아내가 집에 없었다. 아내는 일찍 교회에 가서 목사님을 비롯해 교인들에게 내가 어제 술집에 있다가 새벽에 집에 왔다며 바람이 났다고 얘기했다. 목사님은 물론이고, 장로들까지 놀라셨고, 어머니께서는 그 소리를 듣고 집에 오셨다. 교회가 난리가 났다는 것이다. 나도 너무 놀라서 어떻게 해야 할지 정신이 없었다. 어머니께서 본인 아파트로 가자고 하셨다. 나도 너무 당황스러워서 일단 어머니의 말씀대로 어머니 집으로 피신하였다. 그것이 내 인생에 실수였다. 그때 왜 목사님과 교인들에게 떳떳하게 설명하지 않고 도망치듯 피했을까? 나는 교회에 열심히 봉사하고, 구역장으로 성경도 가르쳤는데 말이다. 그때가 장로로 선택을 받아 한 주만 있으면 임명식이 있을 때였다. 지금에 와서 생각할 때, 마귀 사탄의 시험에서 완전히 걸려들었던 것 같다. 그 이후, 나는 어느 교회든 장로직을 준다고 하면 거절하고 조용히 떠났다.

어머니는 LA 한인 타운에서 혼자 사셨다. 미국에 오신 후, 근 1년을 같이 사시다가 자식에게 짐이 된다고 독립해 나가 사셨다. 1999년 1월 10일 나성 영광 감리 교회에서 조석환 목사께서 권사, 즉 장로로 임명하셨다. 사탄 마귀는 인간의 힘으로 싸울 수 없고, 오직 하나님만이 해결할 수 있다. 예수의 이름으로 대적하고 살아야 한다.

집 열쇠를 바꾸다

집에 목사님과 교인들은 나를 기다리며 늦게까지 계시다 가셨다. 그래서 할 수 없이 어머니 집에서 자고 집으로 갔다. 집에 들어가려고 하니 정문 열쇠가 바뀌어 있었다. Bell을 눌러도 아무런 대답이 없었다. 허탈한 마음으로 직장에 갈 수밖에 없었다. 나는 퇴근하고 집으로 가서 다시 Bell을 눌렀다. 아내가 문을 열고 나왔다. 아내는 내가 집에 못 들어가게 문을 닫고 밖으로 나왔다. 그러고는 나 보고 앞으로 집에 들어올 생각을 말라며 가방에 옷과 짐 몇 가지를 주면서 쫓아냈다. 아이들도 못 보게 했다. 그것이 그녀와 마지막이었다.

그녀와 1968년도에 결혼하여 1988년까지, 20년이란 세월의 결과였다. 그때 나에게 한 말을 지금도 잊지 못한다. "당신은 남편으로 99% 자격이 있지만, 당신 어머니 때문에 그런 것이니 이해해 달라."라는 것이다. 참으로 기가 막힐 일이다. 어머니가 본인이 처녀 때 대학도 졸업을 시켜주었다. 그리고 얼마나 많이 돌봐주셨는데 왜 어머니를 빙자해서 말하는지 모르겠다. 아버지께서 아내를 말리셨을 때 듣지 않은 그 벌을 받는 결과가 현실로 온 것이다.

아버지께서는 아내를 절대적으로 반대하셨다. 언젠가 내가 돈이 없으면 내 옆에서 반드시 떠날 여성이라고 말씀하셨다. 그래서 아버지는 결혼식장에도 참석하지 않으셨다. 아버지의 말씀이 맞았던 것이다. 어머니의 한국 사업이 쫄딱 망하고, 나는 별 볼 일 없는 월급쟁이 신세가 되니 그동안 참고 참았던 본심이 드러난 것 같다. 집이라도 챙기겠다는 것 같다. 거기에 자식들까지 말이다. 나는 하루아침에 완전 거지꼴이 되었다. 그 누구를 탓하겠는가! 이것이 다 나의 운명이라면 받아들여야지.

소문에 의하면 1년도 안 되어 그녀 한국에서 온 돈 많은 사람을 만나 한국으로 갔다고 한다. 둘째 딸 말에 의하면 그 남자에게 속아서 1년 동안 한국에서 정신 병원에 다녔다고 한다. 이곳에 아이들을 다 버리고 말이다. 더 기가 막힌 얘기도 들었다. 어느 날 한국에서 친구가 전화해서 조심스럽게 잘 지내고 있느냐고 물었다. 그러면서 하는 말이 아내가 한국에 나가서 내가 완전히 거지꼴이 되어 길거리를 헤매고 다닌다며, 폐인이 되어 Homeless People 되었다고 악담을 했다고 한다. 너무 기가 막혀서 말이 안 나왔다. 아무리 이혼을 했지만, 아이들의 아버지인데 말이다.

한국에 나가기 전에 아이들에게 나쁜 아버지로 철저히 교육시켜 못 만나게 했다. 그리고 내가 가지고 있던 모든 것을 다 가져갔다. 그 비싸고 소중한 골동품이며 장식품 그리고 졸업 앨범과 사진까지 말이다. 그야말로 팬티 바람으로 쫓겨난 꼴이었다. 정말로 무서운 여자다. 내 머릿속에서 싹 지워버리고 싶다. 나의 근본적 잘못과 판단도 있다. 그녀와 만난 동기가 그녀를 통해 미국에 다시 들어오려는 욕심이 있었기 때문이다. 그 죗값으로 받아들이겠다.

아이들은 자립하여 다 좋은 대학을 졸업했다. 큰딸은 USC 대학을 졸업하여 Consulting 사업을 크게 하고 있다. 둘째 딸 역시 USC Medical 대학을 졸업하여 UC Irvine 병원에서 간호 의사로 근무하고 있다. 아들 역시 Cal Poly Pomona 대학을 졸업해 Disneyland에서 새 개발 책임자로 근무하고 있다. 주님께 너무나 감사드린다.

General MO Bank License

　　　　　　　🖋 MO License에 대해 일전에 얘기했다. MO License에는 Bank와 Corporation License가 있다고 말씀드렸다. General MO도 Bank License로 바꾸려고 무척 신경을 썼다. 국제적으로 인정받는 Money Order가 될 수 있기 때문이다. 황 사장님께서 그것에 관심이 많으셨다.

　　하루는 황 사장님께서 Mark Lee가 사장을 맡아서 하면 어떻겠냐고 말을 하셨다. 그 원인은 황 사장님께서 한국에 나가 오래전부터 준비하던 국회의원에 도전하려고 하셨기 때문이다. 그 준비로 황 사장님은 LA 한인회 회장까지 하셨다. 황 사장님은 호남분으로, 김대중 대통령이 미국에 있을 때 생활비를 지원하셨다. 마침 황 사장님 고향에 국회의원이 무슨 문제로 그 자리가 공석이었다. 참 좋은 기회였다. 이곳 일은 나에게 맡기고 본인은 한국 일만 전심을 하고자 계획한 것 같다. 만약에 General MO를 Bank License로 바꾸면 한국에 지사로 General Bank까지 생각했던 것이다. 그래서 On Line Bank로 하면 얼마든지 Money Order가 가능할 수 있기 때문이다.

　　나는 황 사장님께 상의하고 말씀드렸다. 황 사장님께서 많은 관심을 가지고 계셨던 같다. 현재 미국 내에서 교포들이 은행을 통해 한국으로 보내는 송금 금액이 적은 숫자가 아니라는 사실 때문이다. 은행 수수료가 4불이 넘는다. Money Order를 사용할 경우, 1불 선에서 가능하기 때문이다. 한국 서울에 General Bank 지사를 두고, 전국으로 펼치면 모든 송금이 가능하다. General Bank를 통해 MO 판매망이 넓어진다. 황 사장님이 한국서 정치인으로 자리 잡는다면 회사를 확장할 수 있다. 황 사장님은 흥분되어 나의 계획에 동의하여 하고자 하셨다.

그것을 위해 자본이 필요해 방법을 설명해 드렸다. General MO 회사를 은행같이 Agent 계좌를 다른 회사에 계좌만 파는 것이다. Traveler Express MO 회사는 나를 비롯해 John Page, Bob Bishop, David Wilson이 나간 이후 지사도 축소되었다. Traveler Express MO 회사는 Agent들을 General MO에 많이 뺏겼다. 그래서 General MO의 Agent를 팔라는 연락이 왔다. 과거에는 MO장당 75Cents를 준다고 했는데, 지금은 5배인 3불 75Cents까지 준다는 것이다. 그만큼 권리금을 더 주겠다는 것이다.

Traveler Express MO와 거래

✎ 황 사장님께서 한국에 나가셨다 김대중 대통령은 야당 총재가 되었다. 자기 고향 선거 공천을 받기 위해 김대중 대통령을 누구보다도 이곳에서 돕고, 지원해 준 황 사장님이 아닌가? 김대중 대통령은 본인은 해주고 싶은데, 당원들의 요구가 있으니 XXX돈을 가지고 오라는 것이다. 황 사장님께서 너무 황당해하셨다. 황 사장님은 가지고 간 돈을 부동산에 투자하셨다. 그리고 미국으로 돌아오셔서 나와 General MO 회사에 대해 다시 의논하셨다.

내가 계획한 대로 진행하고 싶어 하셨다. 나는 Traveler Express 회사에 연락하였다. Traveler Express 본사에서 연락이 왔다. 과거가 내가 Traveler Express 회사에 입사했을 때, 나로 인해 본사 부사장이 된 Bib William한테서 말이다. 우리는 San Diego에서 조용히 만나서 2일간 즐거운 시간을 보내며 거래 방법에 대해 의논했다. 그리고는 최종적으로 Agent Account만 넘겨주기로 했다. 한동안은 General MO에서 Processing하고, 거래 총금액은 700만 불을 지불하겠다는 이야기도 했다. 나는 일단 황 사장님께 전화로 보고 드렸다. 황 사장님께서는 승낙하고 좋다고 하셨다. 두 사람은 MOU를 맺고, 헤어졌다.

회사에 돌아오니, 황 사장님께서는 너무 기뻐하셨다. 황 사장님께서는 Mark 부사장은 집도 사고, 새 장가도 가게 되었다며 농담도 하셨다. 그럴 수밖에 없는 게 나는 General MO의 주식을 10%로 가지고 있었다. 거래를 성립되어 나에게 정식으로 70만 불을 지불해야 한다. 하지만 좋은 일이 있을 때 반드시 사탄 마귀가 먼저 앞에서 기다리고 있다는 말이 현실이 되었다.

나는 살면서 너무나 많은 경험과 시험을 겪었다. 성경 잠언서에서 말씀하듯 "인간이 아무리 계획을 세워도 주님이 허락하지 않고, 경영 안 하시면 아무 소용이 없다."와 솔로몬이 마지막 명언이 "헛되고, 헛되도다."란 말이 생각난다.

General MO 파산

🖋 황 사장님은 부인에게 이 모든 것은 얘기했던 모양이다. 그런데 Traveler Express 회사와 계약이 끝난 상태가 아니다. General MO 회사에는 호남인이 많이 근무하였다. Mrs. Hwang은 호남 직원들과 만나서 저녁 식사 자리에서 직원들에게 말해 버렸다. 직원들은 당연히 자기들의 직장이 남의 회사로 넘어가는구나 하는 오해와 걱정을 했다. 그중에 한 직원의 아내가 Wilshire State Bank 직원이었다. Wilshire State Bank는 회사에서 쓰는 Bank다. 그녀는 즉각적으로 은행에 보고했다. 은행에서는 회사 Agent 손님한테 얘기하였다. 순식간에 소문이 잘못 전해졌다. 소문이란 전해질 때마다 얘기가 커지기 마련인데 말이다.

General MO 회사가 망했다고 알려졌다. Agent들이 정상적으로 Report를 안 했다. 회사 돈을 Hold하고 보내주지 않는 것이다. 회사는 Agent가 정상적으로 Report를 해야 회사가 운영할 수 있는데 말이다. 이 소문은 한인 사회에 퍼졌다. 언론사에서 회사로 찾아왔다. 나는 라디오 방송을 통해 이 모든 것은 헛소문이라는 걸 알려주었다. 그리고 Agent들에게 정상적으로 Report 해주길 바란다고 호소했다.

황 사장님은 너무 충격을 받아 심장에 큰 문제가 생겼다. 결국은 심장 이식 수술까지 받게 되었다. 그런데 황 사장님께서 큰 실수를 하셨다. 나에게 전혀 상의도 안 하시고, Corporation Dept에 가서 파산 신고를 하신 것이다. 더 이상 수습할 길이 없어졌다. 많은 사람이 황 사장님이 돈을 뒤로 빼돌렸다고 수군거렸다. 회사는 순식간에 Corporation Dept에서 와 빨간 딱지를 붙여서 아무도 못 들어가게 만들었다. 내가 회사에 가니 Corporation Dept 직원이 정문을 지키고 못 들어가게 막았다. 나는 내 사무실에 개인 물건을 가지고 나오겠다고 밀치며 들어가서 얼른 중요한 서류와 내 물건들을 상자에 챙겼다. 그런데 밖에서 소리가 났다. 황 사장님께서 도착하셨다.

나는 황 사장님을 들어오게 만들었다. 황 사장님께 빨리 중요한 것을 챙기라고 말씀드렸다. 황 사장님은 누구하고 전화 통화를 하고 계셨다. 그때 갑자기 미 주류 TV 방송 채널 7이 들이닥쳤다. 그리고 회사 사무실과 우리를 찍는 것이다. 나는 황급하게 상자를 들고 나왔다. 황 사장님은 제대로 물건도 못 가지고 나오셨다.

General MO 언론 Interview

　　　　🖋 황 사장님은 Agent와 언론에 시달렸다. 황 사장님께서 돈을 많이 챙겼다는 오해 때문이다. 누구도 황 사장님 지켜주는 사람이 없었다. 한국 언론은 계속 신문이나 라디오, 뉴스로 이 일을 보도했다. 회사 직원들은 누구 하나도 얼굴을 비치는 인간들이 없었다.

　나는 황 사장님께 말씀드리고 라디오 방송국에 찾아가 General Money Order에 궁금한 사람은 어디로 몇 시까지 모이라고 방송했다. 그리고 황 사장님과 변호사를 옆에 앉혀놓고 기자 회견을 했다. 기자들에게는 황 사장님의 건강이 좋지 않으니 부사장인 나에게 질문하라고 하였다. 나는 황 사장님의 손을 꼭 잡고 걱정과 안도를 시켜드렸다. 이것으로 General Money Order 회사는 허무하게 끝났다. 모든 일이 끝나고 나에게 남은 것은 회사 차 한 대가 전부였다.

　나는 이번 일로 많은 것을 배웠다. 특히 적은 가까운 데 있다는 것이다. 과거 김종필 씨가 5.16 혁명을 준비할 때였다. 아내한테 얘기하지 않고 있다가 당일 날 만약에 내가 집에 돌아오지 않으면 아이들 잘 키우라는 말을 했다고 한다. 큰 거사를 진행할 때에는 같이 사는 아내한테도 비밀리 준비해야 한다는 것이다. 이번 일도 조용히 처리했으면 모두 다 잘 처리가 되었을 텐데 아쉽다. General

MO는 Bank License로 더 큰 회사가 되었다. 그리고 확장할 수 있는 기회였다.

사람은 누구나 질투와 시기가 있다. 그것은 인간의 본능이며, 수준에 맞게 표현할 뿐이다. 남이 잘되는 꼴을 못 보는 인간의 속성이 잠재하고 있다는 것이다. 그래서 수양과 인격이 필요하다.

제5부

위기를 기회로!
새로운 삶, 새로운 도전

인연과 선택

      ✒ 나는 어떻게 살아가야 할지 모르는 상태가 되었다. 이런 현실 속에 주위 사람들은 혼자 사는 내가 불쌍한지 많은 중매를 했다. 대표적으로 나이 먹은 노처녀 변호사와 LA Down Town에서 자기 건물에 직원 300명 넘게 둔 봉재 공장 여사장, 타 주에서 금은 보석상을 경영하는 여사장이 있다.

그들 중에 봉재 공장 여성은 나보다 2살 연상이었다. 내가 무엇이 좋다고 같이 살아만 달라고 매달렸다. 그녀는 LA 한인 타운에서 비싼 Hanko Park에 저택에서 살았다. 아이는 2명이다. 아이들이 다 크면 둘이 여행 다니며 노년에 즐겁게 살자는 것이다.

여러 가지 조건이 좋았다. 그런데 나는 여자 밑에서 호의호식하고 산다는 것은 맞지 않는 것 같다.

타 주에서 금은 보석상 하시는 여자는 나를 위해 다 정리하고, 이곳에 이사하겠다 한다. 내가 원하는 것을 다 해주겠다고 하며 적극적이었다. 어린아이 한 명이 있는데 이혼하고 시집에 아이를 빼앗겼다고 한다.

노처녀 변호사는 집도 있고, 젊음으로 나를 유혹했다. 안정된 사업과 수입이 보장되어 내 뒷받침을 해주겠다 한다. 그러나 나는 내 자신과 신념으로 무엇이든지 할 수 있다는 정신밖에 없다.

어느 날, 내가 잘 아는 CPA, Peter Yoon이 갑자기 아파트로 찾아오셨다. Peter Yoon은 오늘 여성 2명을 만나기로 했다데 이곳에 와도 되느냐고 물어보셨다. 나는 아무 생각 없이 상관없다고 말씀드렸다. 얼마 후 Peter Yoon에게 연락이 왔다. 아파트 밖에 와있다는 것이다. 나는 집에서 입는 차림으로 밖으로 나가 그분들을 모시고 왔다. 여자 두 분은 우연치 않게 내가 사는 모습을 보게 되었다. 그날 저녁 내가 회장으로 있는 친목 단체, '심통상우회' 모임이 있었다. 그래서 그분들께 양해를 구했더니 Peter Yoon과 여자 2분도 같이 참석하겠다는 것이다. 갑자기 그 모임에 참석하여 같이 식사를 하게 되었다.

이것이 내가 지금 사는 아내와 인연이 닿는 계기가 되었다. 그녀는 첫 인상이 좋았다. 과거 어머니의 젊었을 때 모습을 많이 닮은 느낌이 들었다. 그녀 아파트는 내가 사는 아파트와 멀지 않은 곳에 살고 있었다.

아내, 이윤희

       🖋 나는 아내를 CPA Peter Yoon의 소개로 알게 되었다. 아내는 본성이 착하고, 순수했다. 솔직하고, 베풀며, 순종하는 여성이었다. 아내와의 인연은 운명인 것 같다. 아내를 만나기 전, 아내의 부모님을 먼저 알았기 때문이다.

  내가 MO에서 근무할 때, 지금도 잊지 못할 일이 있었다. 어느 날 회사로 전화가 왔다. Carson 지역에서 MO가 필요하다고 말이다. 나는 그곳을 찾으니 Market Store였다. 나는 신청 서류 작성을 마치고 떠날려고 했다. 가게 주인은 나에게 보여줄 것이 있다고 말씀하시며 나를 가게 뒤에 있는 자택으로 데리고 가 식구들에게 인사를 시키셨다. 그리고 집 안 구석구석을 구경을 시켜주셨다. 자택 옆에 많은 모빌 Home을 Rent 주고 있다고 설명하셨다. 나는 속으로 참 이상한 분이다 생각했다. 마치 자기 식구처럼 대해 주셨다. 그때 아내는 미동부 뉴저지에서 살고 있었다. 그런데 아내가 나를 간 곳이 바로 이 장소다. 너무 깜짝 놀랐다. 아버지께서는 내가 만난 그해 돌아가셨다는 것이다. 이것이 우연히 일치인지 운명인지 알 수가 없다.

  아내는 1966년도에 남동생과 미국에 와서 친척 집에서 동생과 유학 생활을 했다. 부모님께선 인천서 부유하게 사셨다고 한다. 미군 부대를 상대로 사업을 크게 하셨다. 건물도 몇 채 가지고 계셨다 한다. 나와 비슷한 점이 많다. 대학 시절에 영국 남자를 만나 일찍 결혼을 했다. 남편 가족은 뉴저지에서 은행을 경영하셨다고 한다. 은행장 부인이 되어 아들 둘을 낳다. 시부모님은 영국분이라 철저하게 영국식 교육을 받고 살았다고 한다. 아내는 나를 만나기 전 돈이란 것을 모르고 산 것 같다. 처음 만났을 때, 한국말도 좀 서툴렀다. 한국말을 하려면 먼저 머릿속에서 생각하고 얘기해야 하니 시간이 걸리고 답답했다. 무슨 이유인지 이혼을 하고, 친정인 LA로 온 것이다. 나처럼 다 남편과 시집 식구에게 돌려주고 말이다. 아직까지 자세히 물어보지도 않았고, 앞으로도 물어보지 않을 것이다. 과거보다 현재와 미래가 더 중요하니까.

내가 이 사람을 택한 것은 아직도 이런 사람이 있나 할 정도로 너무 순진하고, 솔직했다. 하루는 나에게 피할 곳이 없으면 자기 집으로 오라는 것이다. 내가 무슨 죄짓고 도망자인 줄 알고 말이다. 하기야 황 사장과 내가 MO 관계로 외국과 한국 TV에 나왔으니 그렇게 생각할 수도 있었다. 웃으며 나는 그런 사람이 아니라고 말해 주었다. 나의 결정적인 결단은 여기에서 생겼다.

아내는 나를 만나기 전 친구와 산 언덕 위에서 큰 교통사고가 났다. 산꼭대기에서 친구의 운전 실수로 밑으로 떨어졌다. 다행히 나무 위에 걸치는 바람에 머리가 찢어지고 기절했지만, 구사일생으로 살아났다. 변호사와 보험회사의 도움으로 치료를 받았다고 한다.

"사람이 살다 보면 어려움이 있을 때 사탄 마귀는 신이 나서 또 다른 어려움을 준다."라는 말처럼 말이다.

하루는 아내가 나하고 같이 갈 곳이 있다고 부탁했다. 나를 데리고 Beverly Hill 변호사 사무실에 가자는 것이다. 나는 아내와 변호사 사무실에 갔다. 미국 변호사는 아내에게 오늘 모든 당신의 케이스는 다 끝났다며 3만4천 불을 수표로 주었다. 아내는 변호사 사무실을 나오자마자 그 수표에 거침없이 서명하고는 나에게 주는 것이다. 나는 너무 당황했다. 금액이 문제가 아니라 '자기의 생명의 대가로 받은 수표'인데 나에게 주니 너무나 놀랐다. 그러나 아내는 태연하게 "당신 같은 큰 사람은 돈이 필요하다."라며 말했다. 거절했으나 끝까지 나에게 주고 말았다. 나는 생각해 보았다. 정말로 '이 사람이 진정으로 나를 사랑하는구나.' 말이다. 지금 이 사실을 잘 알고 있다. 그리고 나를 전적으로 나를 믿는다는 생각이 들었다. 나와는 5살 차이다.

나는 Wife에게 나와 결혼하자 얘기했다. 본인도 좋다고 하였다. 그리하여 두 사람은 합치게 되었다. 1992년 6월 23일, 신상욱 목사님 주례로 LA 한인 타운 시온 뷔페 식당에서 결혼식을 올렸다. 친구 들러리까지 세워서 말이다. 양가 부모님과 형제, 친척 그리고 친구 백여 명이 축복해 주었다. 밴드까지 동원하였다. 유명 방송인이 사회를 보고, 마치 축제같았다. 신혼 여행은 들러리 슨 부부와 친형 같은 분을 모시고, Yosemite를 비롯해 여러 곳을 즐겁게 여행했다. 그리고 결혼 2달 후인 1992년 8월 23일에 시청에 가서 결혼 신고를 했다.

아내에게는 두 아들, Dougles와 David이 있다. Dougles는 우주 항공사 Space- X에서 책임자로 근무한다. David는 특수 비행사이며 중동 전쟁에도 참여하였다. 내 자식들도 그렇지만, 자랑스러운 아들들이다.

결혼식(Mark & Yoon Hee Lee)

아내 이윤희

LA 4.29 흑인 폭동

        🖎 1992년 4월 29일 흑인 폭동이 LA에서 일어났다. 폭동은 범인 로드니 킹을 백인 경찰들이 잡는 과정에서 발단이 되었다. 백인 경찰들이 그를 잡는 것이 TV 뉴스로 보도되면서 흑인들이 인권 차별에 분개하여 폭동을 일으킨 것이다. 제일 피해를 많이 본 것은 한인 타운과 한인 가게들이었다. 흑인 지역과 가까이 있는 곳이 한인 타운이기 때문이다.

    그동안 한인들은 흑인이나 멕시칸들을 상대로 마켓이나 Liq. Store를 많이 했다. 한인들은 그들로 인해 호의호식하고 돈들을 많이 벌었다. 그러나 한인들은 그들에게 해준 것이 없다. 그들은 많은 불만이 쌓여있었다. 이번 기회에 화풀이로 한인 가게에 불을 지르고, 물건들을 훔치는 폭동이 된 것이다. 과거 중국인들은 미국에 들어와 철도와 다리를 만드는 데 많은 노동을 했다. 일본 사람들도 어떠하였는가? 그들도 농장이며 사업으로 도와주었다. 한국 사람들은 목숨을 걸고 오직 돈에 환장한 사람처럼 흑인들을 무시했다. 한인 타운 여러 가게가 불에 타고, 공포의 시간들이었다.

    그 폭동 이후, 한인들도 흑인 사회를 도와주었다. 한인들이 영어가 그렇게 필요치 않은 마켓이나 Liq. Store를 많이 했다. 4.29 폭동 이후, 그 사업에서 많이 떠났다.

Union Market

　　　　🖋 결혼하며 Beverly Hill 옆 Hollywood 지역으로 이사했다. 신혼살림을 꾸민 것이다. 새 출발을 해야 하는데 무엇을 해야 할지 고민이 되었다. 그동안 가지고 있던 돈이 여러모로 소비가 되어 얼마 남지 않은 돈으로 조그만 To Go, BBQ 식당을 생각해 보았다. Hollywood의 영화사와 유대인 상대로 말이다. 특히 아내가 소고기 갈비로 만든 BBQ Sauce가 독특했기 때문에 도전하려고 했으나 예산이 생각보다 많이 들어가 포기했다.

　　동생같이 생각하는 Mr. Kwan이 East LA에 작은 Market 있다고 해서 찾아갔다. 그곳은 오래된 Market으로, 일본 노인 부부가 운영하고 있었다. 가게 안은 잘 정돈되어 있었다. 음료수 냉장고도 큰 편이었다. 그런데 상품이 얼마 없었다. 그럴 수밖에 없는 게 가게 계약이 끝나 문을 닫아야 할 상황이었던 것이다. 가게 주인은 가게 시설비 $10,000과 물건 재고 가격만 지불하라고 했다. 매상은 하루에 $150 정도밖에 안 된다고 한다. 그때 당시 Market을 구입하려면 한 달 매상의 5~6배를 주어야 했다. 나는 그분에게 시설비로 $5,000과 재고가 나오는 가격을 줄 수 있다고 Offer를 했다. 문제는 가게 재계약이다. 건물 주인은 중국 사람이었다. 나는 건물 주인을 찾아 갔다. 나의 신분을 밝히고 가게를 새롭게 만들어 놓겠다고 했다. 그는 나를 믿었는지 새 계약서를 만들어 주었다. 가게의 재고가 생각보다 적게 나와 모두 $10,000에 인수할 수 있었다.

　나와 Wife는 본격적으로 가게 내부를 정리하며 수리를 했다. 내가 직접 칠도 하고 선반도 바꾸고 완전 딴 가게로 만들어 놓았다. 다행히 Market의 생명인 음료수 냉장고가 좋았다. 그렇지만 가게에 팔 상품을 살 돈이 많지 않았다. 아내는 생각 끝에 돈 준비 위해 친구들과 친목 계를 만들어 돈을 먼저 일찍 탔다. 그리고 그 돈으로 상품 구입을 했다. 나는 참으로 아내에게 미안한 감이 많다. 과거 은행장 부인으로 돈 걱정 없이 살았던 집사람이 내가 무엇이 좋다고 이렇게 고생을 하나 싶어서 말이다. 아무튼 나는 아내 덕분에 MO 회사에서 받은 승용차를 가지고 LA Down Town 식품 도매상에 가서 물건들을 사 왔다. 아내는 가게에서 혼자 손님들에게 물건을 팔았다.

　Market은 시간이 갈수록 동네에 소문이 나 매상이 날로 많아지기 시작하였다. 아내와 나는 죽기 살기로 두 사람이 열심히 일했다. 그 지역은 East LA로 멕시칸들이 많이 살았다. 그리고 멕시칸 갱도 많이 살고 있었다. 그러나 나에게는 상관이 없었다. 과거에 흑인들을 많이 상대하며 지난 세월이 몇 년인가! 아내와 나는 오직 집과 가게만 오가며 세월을 보냈다. 차도 물건 사 오는 데 편하도록 승용차에서 SV 차로 바꾸었다. 매상은 급성장하여 하루 매상 150불로 시작하였던 가게가 하루 매상 1,500불을 넘겼다. 나는 더 큰 가게를 사서 옮길까 생각했다. 우선 Rowland Heights 지역에 큰 집으로 이사하였다. 2600 Sf에 2층 집이다. 아래 이 층에 큰 응접실 있고, 방이 4개였다. 내가 원하는 천장이 높은 집이다. 우리 두 사람만 살기에는 조금 큰 집이었으나 앞으로 아들과 같이 살 것을 대비해서 샀다.

어느 날 아내가 당신은 이런 작은 사업을 할 사람이 아니고 말했다. 더 큰 사업을 해야 하니 정리하고, 당신이 원하는 사업을 하라고 권했다. 나도 모르게 작은 Market을 하니 점점 마음과 희망이 작아지는 것을 느꼈다. 그래서 근 3년 동안 열심히 한 Market을 정리하기로 했다. 구입자가 생각보다 빨리 나타났다. 내가 산 가격에 15배 이상 올려서 팔았다.

일전에 얘기했지만, 좋은 일이 있을 때 그 뒤에 사탄 마귀가 방해하고, 시험한다는 것을 기억할 것이다. 이번도 마찬가지였다. 가게 인수인계를 1주일 남겨놓을 때였다. 가게 문을 닫기 위해 아내는 가게 안에서 돈 계산을 하고 있었고, 나는 밖에 나와 기다리고 있었다. 그때 갑자기 복면강도가 내 옆구리를 총으로 밀면서 가게 안으로 들어가라는 것이다. 가게 안으로 복면강도와 내가 같이 들어온 것을 본 아내는 깜짝 놀랐다. 그래서 나는 영어로 강도에게 돈을 주라고 얘기했다. 아내는 강도에게 돈을 주는 척하다 돈을 공중으로 뿌렸다. 강도가 돈을 집는 순간 나는 재빨리 몸을 숨겼다. 강도는 나가면서 아내 쪽으로 총을 쏘고 도망쳤다. 아무런 사고가 없어서 다행이었다. 지금도 생각만 하면 소름 끼치는 일이다. 하나님께서 우리 부부를 불쌍히 여겨 보호해 주신 것을 절대적으로 믿는다.

아버지 미국으로 이장

     3년이란 세월 동안 아내가 너무 고생이 많았다. 어느 날 아내가 가게 판 돈으로 당신이 바라던 아버지를 한국에서 이장해 모시고 오라고 했다. 앞으로 어머니도 돌아가시면 같이 모셔야 한다면서 말이다. 아내는 아버지의 얼굴도 한 번도 못 본 적이 없는데 이렇게 먼저 말해 주니 고마웠다. 사실 나는 오래전부터 Ross Hill에 아버지 묘지를 준비한 상태였다. 아버지만 모시고 오면 된다.

    나는 꿈에 아버지가 자주 나타나셨는데, 아버지가 나타나실 때면 잠을 잘 때 물 위에 떠있는 것 같았다. 그래서 풍수지리를 잘 아는 후배에게 물어보았다. 그 후배의 말은 조상의 묘나 아버지의 묘에 무슨 문제가 있는 것 같다며, 본인이 한국에 나가서 아버지 묘를 잘 살펴보고 오겠다고 말했다. 한국에 다녀온 후배는 즉각 아버지를 이곳으로 이장해 모셔야 한다고 했다. 아버지 묘에 수맥이 흐른다는 것이다. 형님 집안이 아버지께서 돌아가신 이후, 왜 싹 망했는지 그 원인을 알겠다고 했다. 아내가 이 말을 듣고, 마음에 둔 것 같다.

    나는 한국으로 갔다. 그리고 한국에 사는 여동생에게 아버지 이장 문제에 대해 의논했다. 뜻밖에도 여동생은 절대적으로 반대했다. 아버지는 내가 모실 테니 오빠는 엄마나 잘 모시라는 것이다.

아버지 묘 문서는 내 이름으로 되어있지만, 관리자인 여동생의 허가를 받아야 한다는 한국 법 때문에 동생의 허락 없이는 아버지의 묘를 이장할 수가 없다. 참으로 난감한 일이 생긴 것이다. 아버지의 묘 평수가 14평이었다. 그때 당시에 평당 100만 원 정도였다. 긴 설득 끝에 땅값은 여동생이 다 가지는 조건으로 허가를 받았다. 아버지만 모시고 오면 되니까.

한국에 계신 친구 목사님 부부의 도움으로 묘지에 갔다. 묘지 사무실에 서류를 제출하여 허가를 받았다. 직원의 도움으로 묘지를 파기 시작했다. 이것이 웬 말인가! 관 뚜껑을 열어보니 관 속에 물이 꽉 차있었다. 아버지가 입고 계신 옷 조각이 그대로 물속에 떠있는 상태에서 뼈만 썩어있었다. 너무 놀라서 눈물밖에 나오지 않았다. 묘지 관리원이 관의 물을 조심스럽게 퍼냈다. 그리고 뼈를 잘 추려서 묘지 앞에 놓은 대리석 상 위에 놓았다. 화장을 준비하여 근 4시간 정도 화장을 했다. 화장한 뼛가루를 백 항아리 속에 잘 모셨다. 항아리는 다시 나무 상자에 넣었다. 내가 묵고 있는 롯데 호텔로 와 잘 모셨다. 여동생은 전화 연락도 없었다.

그다음 날 미국에 갈 절차를 알기 위해 미 대사관에 알아보러 갔다. 서류 준비 절차도 많고, 시간이 오래 걸릴 것 같다. 나는 결단했다. 남대문 시장에 가 나무 상자에 딱 들어갈 수 있는 가죽 가방을 샀다. 그다음 날 공항으로 갔다. 문제는 비행기 타기 전에 하는 가방 조사다. 분명히 X-Ray에 찍힐 테니 말이다. 검사원이 무엇이냐 물었다. 나는 낮은 목소리로 "아버지…"라고 말했다. 그는 잘 못 알아듣고 또 물었다. 나는 가방을 얼른 들고, "아버지라니까." 하며 뒤도 돌아보지 않고 그 자리에서 떠났다. 조심스럽게 비행기 안으로 들어갔다. 미국에 도착하면 똑같은 과정을 거쳐야 할 텐데 걱정이 되었다. 혹시 백 항아리를 열어보고 마약 가루인 줄 알고 찍어 먹으면 어떻게 되나 말이다. 하나님께 기도하며 맡겼다.

　미국에 도착하니 예상대로 검사대에서 걸렸다. 검사원이 무엇이냐 물었다. 나는 한국에서 한 말같이 조용히 "Father."이라 했다. 그도 못 알아들었는지 또 물어보았다. 그래서 다시 "Father." 하였다. 그는 주위를 살펴보았다. 그사이 나는 얼른 가방을 들고 나왔다. 그 길로 바로 Ross Hill 묘지로 와 아버지를 모셨다. 기적과 같이 한국에서 아버지를 모시고 왔다. 며칠 후, 어머니를 비롯해 아내와 많은 교인이 모여 신원규 목사의 입관 예배로 장례식을 했다. 하나님의 도움이 없었으면 이룰 수 없는 일이었다.

Young's Choice Supertech. Inc.

LA 한인 타운 Wilshire St.에 무역 회사를 차렸다. 나는 한국 음료수 사업에 관심이 있었다. 내 생각에는 나라마다의 물맛이 다르기 때문이다. 미국서 마시는 Coca Cola 맛과 한국의 Coca Cola 맛이 조금 다르듯이 말이다. 나는 한국에서 유행하고 있는 건강 음료수 재료인 칡과 대추 그리고 인삼 엑기스를 수입하여 이곳 공장에서 가공하여 한국에 다시 수출하려고 했다. 또 반대로 이곳에서 오렌지, 포도, 복숭아, 파인애플 엑기스를 한국에 수출하는 것이다. 나는 한국 남양 분유 회사에 엑기스를 납품하는 보은 회사와 MOU를 맺었다. 그 회사에서 나오는 건강 음료수를 수입하여 미국 시장에 판매할 준비를 했다. 미국 내 오렌지나 포도 엑기스를 조사하여 Sample을 한국에 보냈다. 나는 한국에 방문하여 보은 공장을 시찰했다. 사업 계획도 세웠다. 회사에 직원도 채용하고, 준비를 철저히 했다.

나는 한국의 보은 회사를 뒷조사를 했다. 그런데 사기성이 많은 회사라 연락이 왔다. 보은 회사의 노 회장이 중국에 다니며 사기를 많이 했다는 것이다. 나는 손해가 있기 전에 얼른 중단했다. 그리고 한국의 건강 음료수가 생각보다 반응이 좋지 않았다. East LA 지역에 물 가공 공장을 차리고 이곳 오렌지, 포도, 과일 엑기스를 보냈으면 더 손해가 날 뻔했다.

Wife 첫 직장 Hollytron

집 근처에 Shopping Mall이 생겼다. Shopping Mall에 한국 전자 가게 Hollytron이 생겼다. 아내는 Shopping Mall에 갔다가 우연히 Hollytron를 구경하려 들어갔다. 매상에 직원을 구한다는 표시가 붙어있었다. 아내는 집 안에 있는 것도 답답하여 지나가는 말로 사람이 필요하느냐 물어보았다. 마침 그곳에 임철호 사장이 계셨다 임철호 사장은 아내한테 내일부터 근무할 수 있느냐 물어보았다. 그것이 인연이 되어, 미국에서 처음으로 직장 생활을 시작하게 되었다.

우리 지역은 LA 한인 타운과 달리 백인과 중국인이 많이 살고 있어서 영어 잘하는 직원이 필요했기 때문이다. 아내는 나같이 무엇이든 시작하면 끝장을 내는 성격이다. 그리고 원리 원칙대로 처리하고, 책임감이 강한 사람이다. 그래서 임 사장과 직원들에게 인정을 받았고, 직원들은 아내를 좋아하고 따라주었다. 임철호 사장은 아내에 대한 기대가 많았다. LA 본사 Sales 책임자로 근무하게 되었다. 그리고 Sales person 교육을 시키게 했다. 전자 업계에서 Sales의 여왕이며 '대모'라 칭했다. 한국 신문에서도 기사로 몇 번 나왔다. 상장과 상패도 여러 개 받았다. 그러나 임철호 사장의 욕심으로 Hollytron은 문을 닫게 되었다.

아내를 다른 전자업체에서 서로 데리고 가려고 경쟁이 붙었다.

코스모스 전자에서 좋은 조건으로 데리고 갔다. 얼마 후에 본인 밑에서 일하던 월남 직원이 임철호 사장 동생을 데리고 Garden Grove에서 Teletron을 열었다. 임철호 사장 동생의 부탁으로 아내는 Sales 이사가 되어 그곳으로 갔다. 시간이 지나 아내는 더 일해 달라는 요청에도 불구하고 나와 함께 퇴직했다.

새 제품 Coconut Charcoal

🦶 음료수 사업을 정리하고, 무엇을 해야 하나 생각하고 있었다. 그러던 어느 날, 친구 David Kim이 사무실에 찾아왔다. David Kim은 나에게 상자를 열어 숯 덩어리를 보여주었다. 'Coconut 숯'이라고 말해 주었다. 나에게 이 제품으로 사업해 보라는 것이다. 나는 너무나 생소한 제품이라 생각해 보겠다고 했다.

나는 Charcoal에 대해 조사해 보았다. 현재 미국에서 석탄으로 만든 Charcoal뿐이다. 미국에서 소비되는 'BBQ Charcoal' 시장이 연간 '8 Billion Doller'이 판매된다는 것이다. 나는 흥미가 생겼다. 그래서 'Coconut Charcoal'을 자세히 살펴보았다. 미국에서 판매되는 'Coal Charcoal'와는 너무 달라서 문제점이 많다. 먼저 모양이 육각형이며, 가운데 구멍이 나있다. 미국에서 판매되고 있는 BBQ Charcoal은 조개탄 모양으로 작고 사용하기가 편한데 말이다. 크기도 2배 이상이다. 포장도 싸구려 상자로 되어있다. 가게에서 진열하기가 불편하고, 음식품에서 사용하게 만들어진 것 같다. 개선할 점이 너무 많이 보였다. 그리고 미국 BBQ Charcoal 시장은 거의 Kingsford 회사에서 완전히 장악하고 있다. 석탄 원료를 가까운 Canada에서 가지고 와 미국에서 가공하고 있다.

나는 David Kim한테 물어보았다. 어떻게 당신 손에 들어왔느냐고 말이다. 친구가 판매처를 알아봐 달라고 해 내게 가지고 왔다

는 것이다. 그 친구는 인도네시아에 살고 있는 친구한테서 받았다
는 것이다. 나는 David Kim한테 친구를 사무실로 데리고 오라고
했다. 그리고 그 친구를 우리 회사 직원으로 채용해서 인도네시아
와 연락 책임자로 근무시켰다. 나는 인도네시아에 부사장을 데리
고 공장에 가봤다. 인도네시아 친구는 인도네시아에서 상자 공장
을 경영하고 있었다. Coconut Charcoal 공장은 중국인 Anthony가
운영하고 있었다. 한국 사람은 Coconut Charcoal 공장과는 아무
관계가 없었다. 나는 직접 Anthony와 거래하기를 원했다. 이 사업
을 하기 위해 많은 투자가 필요하기 때문이다. 미국 시장에 맞게 개
발을 해야 하니 말이다. 미 주류 사회를 대상으로 하려면 여러 가지
검사하여 허가를 받아야 한다. 현재 판매되고 있는 BBQ Charcoal
과 똑같이 수준으로 만들어야 하기 때문이다.

Coconut Charcoal 착수 작업

　　🖋 미국 시장에 판매하기 위해서는 몇 가지 검증을 받아 허가를 받아야 한다. Coconut Charcoal은 석탄의 일종으로 취급되어 태우기 때문이다. Charcoal 때문에 생기는 연기가 공기에 끼치는 영향에 대해 정부의 조사를 받아야 한다. 그것도 정부가 지정한 LA에서 4시간 거리인 Ventura 지역에 가서 말이다. 게다가 한 번 시험할 때마다 5천 불씩 지불한다. 그곳에서 통과되면 시험한 결과 보고서를 정부 기관에 제출하여야 한다. Diamond Bar 지역 공기 조사 기관에 시험 보고서 서류 검사를 받는다. Charcoal가 공기에 끼치는 영향이 얼마나 있는지 말이다. 그리고 Gardena 지역 검사실에서 제품의 위험도가 얼마나 있는지 검사를 받아야 한다.

　시험에서 불합격이 될 경우, 그동안 쓴 비용은 연기와 같이 사라진다. 모든 시험에서 합격이 되어야 제품을 미 주류 시장에서 판매할 수 있다. 한 번 시험 과정을 거칠 때마다 소비되는 비용은 $10,000 정도 든다. 사람들이 Charcoal 사업을 왜 안 하는지 짐작이 간다. 다행히 나는 이 과정을 다 통과되어, 허가를 받았다.

직원 배신행위

　　　　　🖋 내가 인도네시아를 정신없이 다니는 동안,
Peter Kim 부사장은 여비서와 인도네시아 연락 책임자인 Mr. 안과
결탁하였다. 나 몰래 인도네시아에서 Coconut Charcoal을 들여왔
다. 그들은 상품 그대로 한국 Market에 불법으로 판매하였다. 정식
허가 제품이 나오기 전에 말이다.

　Peter Kim이 우리 회사에 입사하게 된 동기는 이렇다. 오래전부
터 잘 알고 있는 Mrs. Kim이 어느 날 Peter Kim을 회사에 데리고
왔다. 본인이 우리 회사에 투자할 테니 그 조건으로 자기 남자 친
구 Peter Kim을 우리 회사 부사장으로 시켜달라는 제안을 했다. 나
는 Peter Kim을 전혀 몰랐지만, 회사 재정이 어려운 입장이라 단지
Mrs. Kim만 믿고 동의했다. 그러나 Mrs. Kim은 회사에 투자를 하
지 않았다. 그뿐 아니라 Mrs. Kim도 Peter Kim에게 사기를 당해 그
녀의 가정까지도 파탄이 났다. 정말로 놀라운 일이다. 아무리 사람
이 돈에 환장한다 하더라도 법과 도덕을 위반하며 한탕 주위로 사
기를 치는지…. 나는 또 한 번 인생을 배운 셈 치고 세 사람을 모두
해임시켰다.

　인도네시아에서 Anthony가 그 소식을 듣고 미국에 왔다. Antho-
ny도 놀란 것이 자기 공장 제품이 아닌, 남의 제품이기 때문이었다.
Anthony는 나를 적극적으로 도와주며 완제품이 나오기 전까지 지

원과 협조해 주었다. Coconut Charcoal와 한국 시장 이미지를 흐려놓은 Peter Kim은 결국 몇 달 만에 망했다.

Charcoal란 무엇인가?

           Charcoal은 숯에 일종이다. 석탄과 목탄을 섞어 조개탄과 비슷하게 만든다. 연탄은 오직 석탄을 찍어서 만들지만, Charcoal은 도자기 만드는 것처럼 300도 넘는 온도에서 구워서 나온다. 미국의 Charcoal 종류는 Instant Charcoal과 Regular Charcoal 두 가지가 있다. Instant Charcoal은 바로 불을 붙여서 사용할 수 있다. Regular Charcoal은 일종에 휘발유를 뿌려 불을 붙여 사용한다. 많은 사람이 Instant Charcoal을 선호한다.

Coconut Charcoal은 자연산 Charcoal이다. 재료는 Coconut 껍질과 사탕수수 엑기스를 혼합해서 만든 것이다. 용도나 메탄가스가 적게 나온다. 그리고 일반 Charcoal보다 타는 시간도 길다. 단 문제가 있다면 재료값과 미국에 들어오는 운송비가 비싸다.

투자자 물색

　　　　　　　　🖋 완제품을 만들기 위해 많은 비용이 소비되었다. Charcoal 사업을 중단할 수밖에 없는 상황이 되어 참으로 난감한 현실이 되었다. 남들처럼 쉬운 사업을 하고 살아야 하는데, 내 운명과 팔자가 그런지 남들이 전혀 생각지도 못하고, 새로운 것을 하게 되니 말이다. 나는 아내한테 미안하기 짝이 없었다. 고맙게도 아내는 나에게 어떠한 불만이나 불평을 하지 않았다.

　나는 집도 정리했다. LA Down Town과 가까운 Montebello 지역으로 이사했다. 집에는 생활비도 주지 못하고, 아내가 벌어서 유지해 갔다. 나와 같이할 사람을 물색했다. 어머니께서는 친분이 있으신 최희만 회장을 나에게 붙여주었다. 과거에 어머니께 신세를 많이 지신 분이시다. 최희만 회장은 나에게 5만 불을 지원해 주셨다. 그런데 최 회장은 직접 투자가 아니라 본인 은행 계좌에서 필요한 상황 있을 때만 쓰고, 반드시 은행에 발생된 이자와 함께 입금하라는 것이다. 내가 Charcoal을 수입할 경우, LC를 열 때 쓰라는 것이다. 나는 썩은 지푸라기라도 잡아야 할 입장이라 허락했다. 그리고 회사 회장으로 모셨다. 내가 Coconut Charcoal 사업을 하기 위해서는 어쩔 수 없었다.

Instant Coconut Charcoal

✎ 정부의 어려운 시험을 거쳐 Coconut Regular Charcoal을 허가를 받았다. 과거 Coconut Charcoal의 모양은 육각형인데, Kingsford Charcoal은 조개탄 모양이다. 나는 그 모양과 크기도 똑같이 만들었다. Kingsford Charcoal Briquet는 상표의 약자로 Briquet에 K 자가 있다. 나도 Coconut Charcoal에는 C 자를 집어넣다. 그리고 이중으로 단단한 종이봉투를 만들었다. Size는 4파운드와 8파운드, 두 가지로 만들었다. 포장지 디자인에도 신경을 썼다. Coconut 열매도 집어넣고 색다르게 만들었다. 그런데 일반인들은 편하게 사용할 수 있는 'Instant Charcoal'를 많이 선호했다. Kingsford 회사가 성공한 것도 'Instant Match Light Charcoal'을 개발하여 Charcoal 시장을 장악했기 때문이다.

Instant Charcoal을 만들려면 많은 투자가 필요하다. 정부에서 허가받기가 까다롭다. Instant Charcoal Briquet에 휘발유를 코팅하여야 한다. 그것을 하기 위한 특별한 기술과 비용이 많이 들어가기 때문이다. 그런데 미국 시장에 판매하려면 Buyer들이 그것을 원한다. 새로운 제품이 하더라도 말이다. 나는 만들어 보겠다고 결심하여 시작했다.

나의 미국 사회단체

그동안 나는 미국에 와 단체 모임 활동을 했다. 최 회장이 '한반도 평화 협의회' 회장직에 계셔서 나의 도움이 필요했다. 그는 나를 협회의 재정을 총관리를 하는 '재정 사무총장'이란 직책을 주었다. 그 외에도 몇 개 단체 활동을 했다.

Edward Chae 회장의 Kay's Club 이사

김승엽 회장의 Y'S Man Club 이사

경산한의과대학 이사

배재총동창회 부회장

배재동기동창회 회장

배친회 회장직

나를 필요로 하는 단체와 사람들이 있었다는 것에 감사했다.

이수성 국무총리와 만남

　　🖊 한국에서 이수성 국무총 리께서 미국을 방문하시게 되었다. 이수성 국무총리를 환영하기 위해 LA 총영사를 비롯한 각기 단체장들 이 LA 공항으로 많이 몰려왔다. 나 는 많은 사람 사이에 서있었다. 그런 데 어찌 된 일인지 최희만 회장과 이
수성 국무총리께서 내 차를 타시게 되었다. 나는 두 분을 LA Down Town에 있는 Hilton Hotel로 모셨다.

　　호텔에 도착했다. 이수성 국무총리께서 자기 방으로 들어오라는 것 이다. 방에 들어가니, LA 영사 직원과 정보 요인과 계셨다. 이수성 국 무총리께서 반갑게 맞이했다. 이 국무총리께서는 재미있는 얘기를 하 시며 휴식을 취하셨다. 나에 대해 자세히 물어보셨다. 나는 간단하게 대답해 드렸다. 그 시간에 호텔 로비 등에서 많은 사람이 이수성 국무 총리를 기다리고 있었다. 시간이 되어 내가 호텔 방을 나가려고 하자 이수성 국무총리께서 나를 부르셨다. 나에게 명함을 달라고 얘기하 시며 당신과 같은 젊은이를 좋아한다고 말씀하셨다. 그리고 잊지 말 고 저녁 환영 파티에 꼭 참석하라고 하셨다. 식사 시간에 내 테이블까 지 오셔서 반가워하시며 기념사진도 같이 찍으셨다. 한국으로 돌아가 신 이후에도 새해가 되면 나를 기억하여 축하 카드도 보내주셨다.

회사 상호 변경과 사무실 이전

       🦢 인도네시아에서 Coconut Charcoal 완제품이 미국에 들어왔다. 그 많은 어려운 문제를 해결하고 말이다. 나는 통관회사 KCC 창고에 집어넣다. 최희만 회장 요청으로 'Sunfire Trading Corporation'으로 상호를 바꾸었다. 사무실도 LA 한인 타운을 벗어나 Santa Fe Spring 지역으로 옮겼다. 창고와 직원도 더 필요하다. 직원은 여비서 겸 경리도 할 줄 알고, Sales Person도 있어야 하기 때문이다. 미 주류 사회 Marketing 전문으로 조사하고, 판매할 줄 아는 백인이 필요하다. 나는 한국 직원은 한국 신문에, 백인은 LA Times에 구인 광고를 냈다. 많은 사람이 전화를 주고, 인터뷰하러 찾아왔다.

    스탠퍼드 대학을 졸업한 중년 백인이 찾아왔다. 그는 Marketing 전문가였다. Coconut Charcoal에 흥미가 있어 일하기를 원했다. 전직장에서 월급을 만 불 정도 받았지만, 우선 절반 5천 불 받겠다는 것이다. 최희만 회장과 의논하여 채용하기로 했다. 미 주류 사회를 상대로 Marketing 하려면 이런 사람이 필요하기 때문이다. 한국 Sales Person은 한국 Marketing은 할 수 있지만, 미국 Marketing에는 한계가 있다. 나는 외국 회사에서 많은 경험이 있기 때문에 그들의 심리를 잘 파악하고 상대할 수 있었다.

Instant light Coconut Charcoal 시도

        Coconut Charcoal 판매가 시작되었다. 많은 Buyer는 Instant Light Coconut Charcoal을 선호한다. Instant Light Coconut Charcoal을 만들려면 Indonesia 공장에 많은 투자를 해야 한다. Indonesia 공장이 투자를 해 시설을 한다면 판매 보장이 되는지 알 수 없어 결정을 내리지 못하고 있었다. 나도 충분히 이해가 된다. Coconut Charcoal을 미국 시장에 맞게 만들 때도 새로운 볼트도 바꾸고, 공장에 많은 투자를 하였다.

  Instant Light Coconut Charcoal을 만들려면 제일 먼저 휘발유 코팅이 문제였다. Coconut charcoal briquet를 만든 후, Briquet에 코팅을 할 수 있는 기술과 시설, 사용할 휘발유 종류까지 고민할 게 많았다. 휘발유 코팅을 잘못 Coconut Charcoal Briquet 할 경우, 많은 연기와 Gas가 나와 미국 정부 시험에서 불합격이 될 수 있기 때문이다. 불합격되면 손해가 무척 컸다. 그리고 또 하나의 문제는 포장 봉투다. 특수 2중 종이 봉투와 아주 얇은 플라스틱 봉투가 있어야 하기 때문이다. 왜냐하면, 휘발유 코팅을 Briquet 했을 때, 특수 Glu가 아니면 녹아버리기 때문이다.

  그러나 이러한 악조건이 있기에 오직 Kingsford에서 독점으로 Instant Match light Charcoal을 미국 시장에서 판매하고 있는 것이다. 어려운 일이 있을 때는 단순하고, 가까운 데서 찾으라는 나의 신념과 철학이 있다. 그 바로 증거가 내 눈앞에 나타났다. 하루는 고속도로를 운전하고 있었다. 내 차 앞에 콘크리트 Mix 하는 트럭이 운행하고 있었다. 그것을 보는 순간, 바로 나는 '이것이다.' 하는 생각이 들었다. 나는 인도네시아로 갔다. Anthony에게 공장을 짓을 필요 없이 Instant Coconut Charcoal Briquet을 만들 수 있다고 알려주었다. 바로 콘크리트 Mix 통에 적당한 휘발유와 Charcoal Briquet 집어넣고 코팅하는 방법으로 해보자고 했다.

이제 남은 문제는 어떤 종류의 휘발유를 사용하는가이다. 나는 백인 직원에게 현재 사용하고 있는 Kingsford 휘발유와 특수 Glu 회사를 찾아보라고 지시했다. 그리고 Sample을 주문을 시켰다. 또한 봉투 회사도 잘 알아보고 했다. 나는 Indonesia 근처 나라에서 구할 수 있는지 알아보았다. 다행히 인도네시아 옆 싱가포르에서 이 모든 자료를 구입할 수 있다. 나는 미국 정부에서 검사를 받기 전에 이곳에서 모든 자료를 구입하여 'Coconut Charcoal Briquet' 에 특수 휘발유로 코팅하여 'Instant Coconut Charcoal Briquet' Sample을 만들었다. 나는 정부 검사실에서 제출하였다. 그런데 운이 좋게 다 통과되어 허가를 받아냈다. 그리고 허가 번호를 인도네시아 공장에 보냈다. 내가 그렇게 원했던 완제품 'Instant Coconut Charcoal Briquet'이 완성되었다. 기적과 같은 일이다.

투자자 신영교 사장 영입

✒ 이제부터 본격적인 Instant Coconut Charcoal을 판매할 수 있게 되었다. 최희만 회장은 여전히 회사에 직접적인 투자를 안 하셨다. 대신 주위 사람 중에 투자할 사람을 찾았다. 그리고는 Atlanta에서 큰 Supermarket을 운영하시는 신영교 사장을 소개해 주셨다. 나는 회사에 많은 자본이 필요하기 때문에 나와 최 회장은 Atlanta에 갔다.

Atlanta에서 한인 Supermarket 중 제일 규모가 큰 '창고 Supermarket'이다. 나도 이렇게 큰 Supermarket은 처음 보았다. Market과 같이 김치 공장도 붙어있고, 창고가 정말로 컸다. 신영교 사장은 겸손하고, 인상이 참 좋게 보였다. 그분은 나같이 의혹과 도전 정신이 강해 금방 친한 사이가 되었다. 신 사장은 Coconut Charcoal에 대해 흥미를 많이 느끼시고는 우리 회사에 투자하시겠다고 하셨다. 그리고 수일 내에 우리 회사를 방문하신다고 했다. 신영교 사장께서도 우리 회사의 주주가 되신 것이다.

Anthony와 필리핀의 Coconut 조사

🖋 나는 Anthony와 필리핀에 갔다. 인도네시아도 섬이 많이 있지만, 필리핀 역시 섬이 많은 나라다. 필리핀은 정부 자체에 Coconut 부처가 있다. 참고로 Coconut은 두 개의 껍질로 되어있다. Coconut 열매에 덮인 껍질이 있고, 그 안에 단단한 열매 껍질이 있다. Coconut Charcoal은 그 껍질과 사탕수수 엑기스를 혼합해서 구워 만드는 것이다. 필리핀에서는 Coconut 재료를 이용해 여러 가지 제품이 나온다. 가구와 특수 연장 도구 등등 만들어 쓴다. 우리가 사용하고 있는 공기 정화기 비롯해 물 정수기 Filter의 비싼 카본에도 쓰고 있다.

필리핀에 도착하니 소문이 났는지 여러 Coconut 농장 주인들이 기다리고 있었다. 자기네 섬 Coconut 농장에 가자는 것이다. 어느 여자분은 우리가 묵고 있는 호텔에 같이 있으며 자기네 공장에 가길 원했다. 나는 솔직히 말해서 섬에 갈 때 비행기 타기가 두려웠다. 아직도 오래된 비행기로 가야 하기 때문이다.

필리핀 마피아

        몇 사람이 나를 찾아왔다. 꼭 나 혼자만 만나서 식사 대접하고 사업을 상의하고 싶다는 것이다. Anthony는 나 보고 가지 말라고 했다. Coconut 사업하고는 아무런 관계가 없다는 것이다. 그러나 나는 그들을 따라 나섰다. 그들은 나를 차에 태워 바닷가 항구에 도착하였다. 그리고 배에 태워 가까운 섬으로 데리고 갔다. 섬에 도착하니 화려한 음식점이 있었다.

  음식점 안에 들어가니 특별 방으로 나를 인도하였다. 무슨 영화에 나오는 한 장면같이 말이다. 방에는 고급 소파에 화려한 장식 가구들이 있었다. 인상이 약간 험하게 생긴 사람이 나를 반갑게 맞이하며 인사하였다. 그리고 여러 가지 음식들과 술이 나왔다. 인상 깊은 것은 테이블 가운데 통돼지 새끼가 튀겨져 있었다.

  시간이 흐르고 그들은 나에게 용건과 사업에 대해 제안했다. 나하고 같이 무역을 하자는 것이다. 정식 무역 절차 없이 내가 미국에서 폐차한 차 엔진과 쓴 컴퓨터를 수집하여 그들에게 보내주면 이곳에서 현찰로 거래하자는 방식으로 말이다. 대금은 내가 직접 필리핀에 와서 현찰로 받아가라고 했다. 나는 즉각 그들의 정체를 알 수 있었다. 나는 NO란 대답을 안 하고, 좀 생각할 시간을 달라고 대답했다. 그들은 나를 정중하게 대접하고, 호텔까지 데려다주었다.

  Anthony는 나를 무척 걱정했다. 왜냐하면, 필리핀에는 마피아들이 많기 때문이다. 그다음 날 아침 일찍 필리핀을 떠났다. 지금도 생각해 본다. 어떻게 필리핀 마피아가 나를 알고, 자기네 마피아처럼 상대했는지 말이다.

Springfield Wholesales 판매

✍ 미국 식품 도매상으로 유명한 'Springfield Wholesales'에 판매하기는 참으로 어렵다. 왜냐하면, 미국 내 유명한 Chain Supermarket들이 모여서 공동 투자하여 만든 도매상이기 때문이다. 소매상에서 그곳에서 주문하려면 50 Box 이상 해야 하기 때문이다. 그래서 조그만 소매상은 엄두도 못 내고 이름 있는 Chain Supermarket이나 큰 Market에서만 구입할 수 있다. 한국 식품 도매상들은 그곳에서 구입하여 한국 식품 소매상에게 판매한다. 식품 공장이나 식품 무역 업자들이 그곳에 납품하려고 노력한다. 그곳에 납품하면 Springfield에서 만든 주문 Book에 올라 선전 효과는 물론이고, 많은 양을 판매할 수 있기 때문이다. 회사는 East LA에 있다. 회사 Buyer Office로 식품 업종에 따라 Buyer가 따로 있다. Buyer와 예약하려면 한 달 정도 기다려야 한다.

나는 Buyer와 만나 Coconut Charcoal에 대해 설명하고, Kingsford Charcoal과 비교표를 보여주었다. Buyer는 Coconut Charcoal에 흥미는 있다. 그런데 소비자들이 인정하고 사겠느냐는 말이다. 나에게 Coconut Sales List를 가지고 오라고 했다. 큰 Supermarket을 중심으로 해, 판매 기록이 있을 때 다시 찾아오라는 것이다. 정말로 어려운 과제이다. 큰 Supermarket도 Buyer Office가 따로 있기 때문이다. 그들과 예약해서 판매해야 하니 말이다. 그들에게도 조금씩 요구 사항과 조건이 있다. 나는 Springfield Wholesales 거래처 명단을 가지고 Supermarket Buyer Office를 찾아갔다. 그리고 조금씩 판매를 시작했다. 어느 곳은 10Box에서 50Box 이상도 팔았다. 때에 따라 위탁 식으로도 팔고 말이다.

　나는 50개 이상의 거래처가 생겼다. 다시 Springfield Wholesales Buyer Office를 찾아갔다. Buyer가 나보고 대단하다고 한다. 자기네 Order Book List에 올려주고 선전해 준다고 했다. 그런데 자기네가 직접 Coconut Charcoal을 주문 못 한다고 했다. 자기네가 지정하는 회사를 통해서 주문한다는 것이다. 아무리 개인 식품 회사가 아니지만 너무나 절차가 까다롭다. 나는 Springfield 회사에서 지정한 회사를 찾아갔다. Springfield Wholesales에 납품할 때는 상품 밑에 받침대도 규격과 방법이어야 한다. 싸구려 받침대를 사용 못 하고, 수금과 상품 반품 원칙도 계약해야 한다. Springfield Wholesales에 많은 상인이 그곳에 판매하려고 할까? 바로 자기네 상품 선전 가치로 쓰기 때문이다. 지금의 Costco에 상품이 들어간다면 마찬가지일 것입니다. 일단은 Coconut Charcoal이 그 유명한 Springfield Wholesales에 납품하는 데 성공했다. 그것도 나 혼자서 말이다.

Coconut Charcoal의 어려움

여기까지 왔다. 과연 앞으로 어떻게 회사를 운영해야 할지 말이다. 나 혼자 모든 것을 오늘날까지 헤쳐왔기 때문이다. 최 회장은 회사에 있으나마나 재정적으로 돕지 않고, 자기 직책만 내세우고 있다. 신 사장님께서는 멀리 Atlanta에 계신다. 회사 유지와 직원들 봉급 주기에 바쁠 뿐이다. 그동안 집안에 제대로 생활비도 못 주었다. 아내가 혼자서 지탱하고 있다. 나 혼자서 이 모든 것을 어떻게 헤쳐 나가야 할지 고민이 되었다.

Coconut Charcoal은 예상보다 시간이 걸릴 것 같다. 그 문제점의 하나가 가격이다. 제품에 대한 품질은 Kingsford Charcoal보다 월등하게 좋지만, Kingsford 회사에서는 막대한 예산으로 소비자에게 홍보하고 있었다. 나는 Coconut Charcoal에 선전할 예산도 전혀 없었다. Coconut Charcoal은 단가가 비싸다. Indonesia의 운송비와 재료값이 비싸서 말이다. 그러니 자연적으로 가격이 비싸게 판매할 수밖에 없다.

나는 이사회를 소집하여 최 회장과 신 사장에게 현 실정을 의논했다. Coconut Charcoal은 장기적으로 보고, Kingsford Charcoal처럼 Coal Charcoal을 개발하여 만들어 판매하자는 것이다. Kingsford Charcoal의 Coal은 Canada에서 가지고 온다. 그것보다 더 싸고, 품질이 좋은 Coal을 찾아서 Coal Charcoal을 만들겠다는 생각이었다. 나에게는 Charcoal 만든 경험과 노하우가 있으니 말이다. 내가 생각 끝에 찾아낸 곳이 '중국'이었다.

중 국

중국에 들어가기 전 중국에 대한 책을 사서 읽고 파악했다. 나는 중국과 무역하는 사람들을 만나서 얘기도 듣고 참작하였다. 대체로 중국과 사업하여 손해를 보았다는 것이다. 중국을 모르고 무작정 중국과 대부분 사업을 해서 그런 결과를 겪은 것 같다. 중국에 욕심으로 공장까지 차려 사업을 하다가 쫓겨나는 경우가 많다. 중국은 개인이 땅을 소유하지 못하는 나라임을 모르고 있다는 말이다.

생각 끝에 중국을 제일 잘 아는 것은 중국 사람일 테니 나는 한인 타운 Sotto St.에 자리 잡고 있는 '중국 대사관'을 찾아갔다. 중국 대사관에 가서 총영사를 만나러 왔다고 얘기했다. 중국 대사관 직원이 지금 총영사는 출장 중이라고 했다. 나는 사업 담당 부영사는 있느냐 물었다. 사업 담당 장 부영사를 만났다. 젊은 장 부영사는 나에게 무엇 때문에 만나자는 것인지 물었다. 나는 중국과 사업을 하고자 한다고 말했다. 내가 가지고 간 Coconut Charcoal에 대해 설명하며 너희 나라에 미국과 같이 Charcoal이 있느냐 물었다. 중국에는 Charcoal이 없다고 대답했다. Charcoal을 개발시켜 줄 테니 너희 나라가 나에게 협조해 줄 수 있느냐 물었다. 장 부영사는 아주 흥미가 있듯이 잘 알아보고 연락해 주겠다고 말했다.

며칠이 지나 장 부영사한테 연락이 왔다. 총영사관으로 오라는 것이다. 장 부영사는 중국 정부에 연락하여 준비해 놓았다고 한다. 중국에 언제 갈 수 있는지, 나는 중국에 가면 영어 대화할 수 있는지 물었다. 장 부영사는 잘 모르겠다고 하였다. 나는 중국말을 모르니 한국말을 할 수 있는 조선족을 통역관을 붙여 달라고 요청했다. 장 부영사는 중국 비자를 해 주었다.

165불로 중국 출장

　　　　　　　　중국에 들어가려고 해도 회사 재정이 좋지 않았다. 최 회장에게 도움을 요청했다. 최 회장은 만약에 중국에 들어가 돈이 필요할 때 자기한테 연락하면 중국의 친구가 도와줄 것이라는 말만 했다. 참으로 지독한 사람이다. 나는 하는 수없이 중국에 들어갈 비행기 왕복표와 '현찰 165불'만 가지고 중국으로 갔다. 국내도 아니고 외국에 딸랑 165불만 가지고 말이다. 나는 죽기 살기로 중국에 갔던 것이다.

　중국 북경에 도착하니, 여러 사람 앞에 Mark Lee 표시판이 보였다. 나를 반겨주는 분들이 손을 흔들어 주었다. 젊은 여자분이 반갑게 한국말로 인사하였다. 그리고 옆에 서있는 다른 분들을 소개했다. 공항 밖에 나오니 국빈 대접하듯 차도 준비되어 있었다. 나는 북경 시내에 제일 좋다는 호텔로 갔다. 호텔 방에 들어갔다. VIP 방이라 침실, 응접실 그리고 회의실까지 갖추어진 방이다. 너무 놀랐다. 나도 미국에서 여러 번 VIP 방을 사용했지만, 이렇게 깨끗하고 큰 방은 처음이었다. 은근히 걱정이 되었다. 그래서 조용히 한국 여자분에게 이런 방은 하루에 얼마나 지불하느냐 물었더니 그녀는 아마 200불은 넘을 것이라고 했다. 그때 당시 중국 공무원 월급이 200불 정도였다. 여자분은 정부 초청이니 싸게 되어있는지 알아보겠다고 했다. 잠시 후 여자분이 알아보니 하루에 65불이라고 알려주었다. 나는 계산해 보니 2일 정도는 묵을 수 있어서 좀 마음의 안심이 되었다. 중국 사람과 여자분께서는 나보고 좀 쉬고 있으면 저녁에 모시러 와 저녁 식사를 대접해 주겠다고 하고 떠났다.

나는 일단 미국에 잘 도착했다고 연락했다. 저녁이 되어 일행들이 나를 고급 음식점으로 데리고 갔다. 음식들이 둥근 테이블 위에 가득 찼다. 나는 무엇부터 먹어야 할지 고민할 정도였다. 그다음 날 아침 일찍 호텔 로비에서 전화 연락이 왔다. 중국 정부에서 물색한 여러 석탄 공장 사장들과 어제 만났던 분들이 기다리고 있었다. 그래서 호텔 방 회의실에서 그들의 얘기를 경청했다. 예상 밖으로 중국의 석탄은 한국의 연탄과 같이 공업용이나 가정에서 사용되고 있다. 미국 같은 Charcoal은 전혀 없었다. 물론 Charcoal 만들 시설과 기술도 없었다. 각오는 했지만, 너무나도 실망했다. 중국에서 Charcoal 사업하긴 너무 힘들 것 같았다. 그들이 가지고 온 석탄 덩어리 Sample을 보았다. 아주 윤이 나고 질이 너무 좋은 것 같았지만 나는 그들을 좋게 돌려보냈다.

나는 한국 여자분에게 솔직히 내가 중국에 온 동기와 목적을 말했다. 그러나 여자분은 나의 솔직함에 최선을 다해 도와주겠다고 하였다. 여자분의 이름은 최XX이다. Miss. Choi는 나에게 이렇게 얘기했다. "당신은 이곳에 개인이 아니라 중국 정부와 연결되어 왔다. 그래서 직접 정부에서 운영하는 '중국 석탄 공사'와 연락해 보면 어떠냐"는 것이다. 너무 좋은 생각이었다. 나는 Miss. Choi에게 '중국 석탄 공사'에 연결할 수 있게 부탁드렸다. 반갑게도 연락이 되었다. 저녁 시간에 간부들이 호텔로 찾아온다는 것이다. 나는 중국에 와서 좋은 사람을 잘 만났다고 생각했다.

  저녁 시간이 되어 3명의 중국 석탄 공사 간부가 호텔로 왔다. 그
들과 호텔 방 회의실에서 회의를 시작하기 전에 마음속으로 주님
께 간곡히 기도를 드렸다. 솔로몬과 같은 지혜를 나에게 달라고 말
이다. 그런데 놀랍게도 내 입에서 Charcoal 사업 얘기가 안 나왔다.
나도 모르게 엉뚱한 얘기가 나왔으니 말이다. 내가 중국에 온 이유
는 "중국을 사랑하기 때문에 왔다."라고 말이다. 그들은 무슨 말인
지 이해하지 못했다. 나는 아랑곳하지 않고 "나는 한국에서 태어나
어릴 때 중국 역사를 좋아했다. 내가 중국을 위해 실천을 하겠다는
마음이 들어 너희 나라에 온 것이다."라고 말했다. 그리고 너희 사
장에게 내가 무슨 얘기를 했는지 꼭 전하라 하고는 나는 그들을 돌
려보냈다.

중국 석탄 공사

중국 석탄 공사는 국가에서 운영한다. 직원만 5만 명 정도의 대규모의 기업이니 이 기업과 연결되는 것은 기적이다. 그런데 그들이 나에게 접근했다. 내가 단지 장사꾼이 아니라는 것을 그들에게 전해준 것이다. 그다음 날 아침에 석탄 공사 직원들과 Miss, Choi가 호텔로 왔다. 나를 데리고 중국 석탄 공사로 갔다. 총리, 즉 사장이 나를 만나겠다는 것이다. 중국에서는 사장을 총리라고 칭한다.

중국 석탄 공사에 도착했다. 입구부터 수속 절차가 복잡했다. 나를 사장이 있는 층으로 인도했다. 엘리베이터 문이 열리고 총리가 나를 반갑게 맞이했다. 그리고 나에게 하는 말이 "네가 중국을 사랑한다면 우리도 너를 사랑한다."라고 얘기했다. 나를 자기 사무실에 데려가기 전에 회의실이며 여러 곳을 보여주며 설명해 주었다.

사무실에 데리고 가서 나에게 고급 차를 대접했다. 그리고 자기소개를 했다. 장 총리는 키가 작지만, 대만에서 영어를 배워 잘했다. 대화에 전혀 문제가 없었다. 그는 공산당 계열에서 높은 위치라 '모택동 금 배지'를 달고 있었다. 나는 항상 미국 성조기 배지를 달고 다닌다. 다른 아무런 의미는 없고, 그냥 미국이 자랑스럽기 때문이다. 나는 차분하게 내가 인도네시아 Coconut Charcoal 개발을 했을 때 과정과 성공에 대해 설명해 주었다. 그는 아주 흥미롭고 관심 있게 경청했다. 중국은 석탄이 좋으니 Coal Charcoal을 너희 나라와 합심해서 개발하고 싶다고 얘기했다. 그는 아주 좋다고 말했다. 단 조건은 "내가 중국 Charcoal을 개발할 때, 필요한 시설과 기술은 가르쳐 주지만, 이 모든 비용은 중국 정부에서 부담하여야 된다."라고 건의했다. 또한 "완제품이 완성되어 미국에 들어오는 '제품 총판매액'은 나를 통해서 들어와야 한다."라고 했다. 즉 미국이 총 판매 독점권을 주어야 한다고 분명히 얘기했다.

장 총리는 당신이 원하는 대로 해준다고 말씀하셨다. 나보고 계약서를 만들어 오라고 했다. 장 총리는 중국 석탄 소개 책자와 연간 매출 기록표들 나에게 주었다. 첫 번째 만남에서 구두로 서로 얘기가 잘 되어 나도 좀 정신이 없었다. 그날 저녁에 장 총리는 북경에서 유명한 식당에 초청하였다. 그리고 고급 요리와 비싼 술까지 대접했다. 장 총리는 오래 사귄 것 같이 가까워졌다. 그다음 날 호텔에 Check Out을 하려고 하니 벌써 중국 석탄 공사에서 다 지불했다. 나는 미국에 돌아올 때 오히려 지갑에 몇십 불이 남아서 왔다.

중국 석탄 공사와 계약 체결

　　　　　🖋 중국에 가서 많은 성과를 가지고 미국으로 돌아왔다. 나는 이사들에게 경과 보고를 했다. 최 회장과 신 사장은 놀라 감탄했다. 중국 정부 상대로 큰 사업을 맺고 왔으니 말이다. 최 회장과 신 사장은 같이 중국에 가고자 하였다. 아마 최 회장은 여태껏 중국에 다니며 사업보다 관광이나 조선족에게 접대나 받았을 것이다.

　나는 변호사를 만나 '중국 석탄 공사와의 국제법에 맞게 계약서'를 만들었다. 내가 중국에서 장 총리와 구두적으로 얘기한 내용의 근거로 말이다. 나는 다시 혼자 중국으로 들어갔다. 지난번에 나를 도와준 Miss. Choi에게 연락했다. 그녀는 나를 반갑게 맞이하며 도와주겠다고 했다. 중국에는 중국말을 하지 못하면 일하기가 너무 힘들다.

　이번에는 중국 석탄 공사 근처에 호텔을 잡았다. 중국 석탄 공사 장 총리에게 연락을 드렸다. 너무 반가워 자기 사무실로 오라는 것이다. 중국 석탄 공사에 Miss, Choi를 앞장세워 들어갔다. 장 총리는 내가 준비해 온 계약서를 대충 읽었다. 그리고 나를 믿는다고 계약서에 서명을 했다. 나는 중국 석탄 공사와 동업자가 되었다.

　장 총리는 그동안 공장 대지를 조사하였다. 북경에서 차로 약 2시간 거리인 천진 도시에 물색해 두었다. 그곳은 항구 도시로 한국과도 거리가 멀지 않은 곳이다. 앞으로 미국과 배로 Charcoal 운반하기도 편한 곳이다. 장 총리는 나와 그곳을 답사하길 원했다. 장 총리는 빈 공장과 넓은 땅을 확보해 놓았다. 중국은 정부 땅이라 좋은 곳을 찾아서 준비하였다. 제일 중요한 것은 Charcoal Briquet를 구울 수 있는 오븐이다. 큰 공간에는 석탄과 완제품 창고 시설이며 제품 실험실과 포장, 작업실이 있었다. 장 총리는 북경에서 가까운 석탄 공장에서 미리 다 준비해 놓은 것이다.

Coconut Charcoal을 신영교 사장께 인계

     내가 중국 Coal Charcoal 개발과 준비하는 동안 Coconut Charcoal 판매가 부진했다. 최 회장과 신 사장님 간에 무슨 일이 있었는지 모르겠으나 갑자기 최 회장은 신 사장에게 Coconut Charcoal을 모두 넘겨주자는 것이다. 내가 Coconut Charcoal을 개발하기 위해 혼자 고생과 투자를 다 하고, 최 회장은 회사에 투자 없이 회장 직분만 있으니 그런 말이 쉽게 나온 것 같다. 내 계획은 기회가 있으면 Kingsford에 찾아가 거래하려고 했는데 말이다. 나는 신 사장을 좋아했다. 그래서 딸 시집을 보내는 심정으로 신 사장에게 판매권을 넘겨드렸다.

  문제는 Indonesia 공장에서 나처럼 거래를 해줄지 알 수가 없다는 것이다. 신 사장께서 Atlanta에서 사람을 데리고 와 인수인계했다. 사실 나도 Coconut Charcoal 개발하는 데 너무 지쳤다. 하나서부터 끝까지 나 혼자서 해냈으니 말이다. 이제 그것을 경험 삼아 중국 Coal Charcoal에 전력을 다할 생각이었다. 옛말에 "길 닦아놓으면 엉뚱한 사람이 지나간다"는 말 있듯이 개발이나 발명가는 돈 하고는 거리가 먼 것 같다. 단지 해냈다는 성취감과 자부심만이 남을 뿐 같다.

나의 목표와 꿈

사람마다 꿈이 있듯이 나에게 꿈이 있었다. 내가 처음 Charcoal 사업을 접했을 때, 많은 희망과 꿈이 있었다. 미국에서 연간 이루어지는 Charcoal 사업의 시장이 '8 Billion Dollar'였다. 그중 나는 10분의 1만이라도 하겠다는 게 내 꿈이었다. 새로운 제품인 Coconut Charcoal 사업으로 말이다. 남들은 철로 성공했지만, 나는 석탄으로 말이다. 나는 그것을 위해 앞만 보고 온갖 정성과 노력을 해왔던 것이다.

기독교 도서관

　　　　　　　　🖋 주님께 서원 기도로 약속했다. 만약에 나
의 꿈이 이루어진다면 주님께 바치겠다고 말이다. 사람이 꿈이 있
으면 어떤 목표가 있듯이 나의 목표는 기독교인들을 위한 '기독교
도서관'이었다. 어느 원로 목사님께서 은퇴하면서 그동안 본인이
수집하고 공부하던 기독교 서적을 다 나에게 주셨다. 기독교 서적
과 책장만 8개가 되었다. 그때 이 서적들을 기반으로 세계 기독교
서적을 수집하여 기독교 도서관을 만들고 싶었다. 그것을 위해 많
은 재정이 필요하기 때문에 석탄 사업으로 성공해야 했다.

　이곳 Orange County, Irvine 지역에 Regan 대통령 도서관같은 현
대식 도서관을 만들어 기독교 서적들을 컴퓨터에 다 입력하여 어
린이로부터 노인들까지 쉽게 사용할 수 있게 만들려고 했다. 도서
관 안에 퇴직하신 목사님과 선교사들을 위한 회의실도 만들어 서
로의 종교적인 경험과 휴식처 말이다. Cafeteria 식당을 만들어 목
사님에게 1불만 지불하면 잡을 수 있게 구상했다. 후에는 전 세계
에 알려져 관광지가 된 기독교 도서관을 상상했다. 나는 이 모든
것을 하나님께 바친다는 꿈을 꾸었다.

　나에게 기독교 서적을 주신 목사님께서 이런 말씀을 하셨다. 목
사님께서 자기가 인생을 살아보니, '사람은 세 종류의 인생관'이 있
다는 것이다.

1. 사람들은 편하고 쉽게 자라는 들판의 꽃 나무도 있다.
2. 산 중간에 약간의 고난과 시련이 있지만 열매를 맺고, 울창한 나무
   도 있다.
3. 산꼭대기에 있는 나무는 엄청난 어려움과 고난 속에서 비바람과 눈
   보라가 치지만 기초가 든든하고 뿌리가 깊어서 쓰러지지 않는다.

그러면서 나는 3번째 사람이라고 하셨다.

나는 그분의 말씀대로 어려운 현실 속에서 지탱하고 살아온 것 같다. 나도 쉽고, 편하게 가는 길도 있었다. 이것이 나의 운명인가 말이다. 그러나 나의 마음은 점점 약해지고, 결국은 나의 꿈이 사라졌다. 원로 목사님이 주신 기독교 서적은 삼성 교회에 1/3을 기증하였다. 남은 서적 2/3와 책장까지 나에게 장로 안수하신 남상국 목사에게 다 드렸다. 어떠한 큰일을 계획하고 진행할 때는 혼자서 할 수 있는 한도가 있다는 것을 철저히 배우고 느꼈다. 그것에 맞게 재정이 따라 주고, 좋은 사람을 만나 같이 협조해 주지 않으면 이루어질 수 없다.

아무리 좋은 총이 있다 하더라도 총알이 없으면 장식용에 지나지 않는다. 당시 내가 이런 상황이었다. 최 회장은 기회만 오면 쉽고 편하게 자기 것으로 만들려는 성격 소유자였다. 그가 늘 나에게 하는 말이 있었다. "거지의 발바닥에 돈이 있으면 발을 핥아서라도 돈을 가진다."라는 것이다. 그리고 어떤 좋은 것이 있으면 우선 발가락만 집어넣고 있다가 언젠가 기회가 오면 몸도 들어간다는 게 그의 철학이다. 이런 분이니 사업에 도움이 될 리 없었다.

중국 Coal Charcoal 개발

🖋 나는 우선 China Coal Charcoal Briquet 를 만들기 위해 Coconut Charcoal Briquet와 Kingsford Charcoal Briquet Sample을 가지고 중국 임시 공장에 보여주며 똑같이 만들게 했다. 그들은 견본을 가지고 열심히 시험하고 만들었다. Coal Charcoal의 중요성은 Coal에서 나오는 Gas와 얼마나 쉽게 고기를 먹을 수 있는가이다. Coal Charcoal Briquet의 검정색 석탄이 없어져야 한다. Briquet 덩어리가 회색을 변하여야 고기를 구울 수 있다. 그러기 위해 Charcoal Briquet이 연탄과 달리 석탄과 목탄이 섞여져야 한다. 그 비율에 따라 타는 시간이 달라진다. 석탄이 많거나 목탄이 많으면 Charcoal의 질과 Gas 수치도 달라진다.

이 모든 과정을 직접 내가 중국에 가 검사하고 확인해야 한다. 그럴 때마다 언어 문제가 있어서 통역해 주는 Miss. Choi의 도움이 없으면 처리할 수가 없었다. 내가 중국에 갈 때마다 무상으로 나의 비서같이 통역을 해주었다. 우리 회사에서 재정적으로 도와주어야 마땅하고, 예의인데 말이다. 그녀는 불평없이 꾸준히 나를 도와주었다. 그 사실을 알게 된 중국 석탄 공사 장 총리가 임시 직원으로 채용했다.

천진 공장이 어느 정도 완성이 되어갔다. 공사 중에 Charcoal Briquet를 구워내는 Oven에서 대형 사고가 나 몇 사람이 다쳤다 한다. 만약에 내가 투자하여 그런 사고가 났으면 사업도 하기 전 많은 손해 보상으로 Close를 했어야 할 것이다. 과거에 Mc Dowell이 중국에 처음 들어가 전 세계가 놀랐다. 너무 장사가 잘 되어 중국 정부에서 직원을 시켜 손을 고기 가는 기계에 집어넣어 결국은 Mc Dowell이 중국 운영권에게 뺏겼다는 얘기가 있다. 참으로 무서운 나라다.

　중국이 갑자기 발전하고 지금의 경제 선진국이 된 이유는 바로 나 같은 사람이 중국에 들어가 제품을 만들기 위해 제품의 기술과 자료들을 가르쳐 주고 상품을 만들기 때문이다. 그리고 인권비가 쌌기 때문이다. 그들에게 국제적인 사업의 눈을 뜨게 해 준 결과이다. 그들은 그것을 완전히 배우고 자기네 자체로 생산하여 싸게 국제 시장에 판매했으니 말이다. 특히 미국 시장에 얼마나 판매를 했는지 생각해 보면 알 수 있다.

최희만 회장의 계획

⚘ 중국과 석탄 사업을 하면서 회사명도 다시 바꾸었다. Sunfire Trading Corporation은 Coconut Charcoal 회사였기에 신영교 사장에게 모두 인계해 드렸다. 이번 기회에 최희만 회장도 정리하려 했다.

최 회장은 어머니한테 가 나와 계속 같이 있게 해달라고 간청했다. 어머니는 그동안 같이했으니 데리고 있으라 부탁하셨다. 최 회장은 내가 중국 석탄 공사와 손잡고 사업하는 것을 탐을 냈다. 최회장은 아직까지 회사에 아무 투자를 안 했으니 할 말이 없다. LC를 열 때 본인 은행 계좌를 잠시 이용해 이자까지 꼬박 갚았다.

중국의 Coal Charcoal 공장이 정상적으로 제품이 나오게 되었다. 미국에 Coal Charcoal 시작이 되었다. Springfield에서 지정한 Marketing 회사가 필요해 Steve 사장을 만나 의논했다. Steve는 내가 중국에 들어갈 때 자기와 아내가 중국 관광을 하고 싶다고 부탁했다. 나는 좋다고 했다. 그것을 알게 된 최 회장도 아내하고 중국에 가겠다는 것이다.

나는 중국의 장 총리와 할 일이 있어서 2일 먼저 중국에 들어가 그들을 위해 준비를 했다. 장 총리께서도 직원들에게 지시하여 중국 석탄 공사 근처에 호텔도 예약해 놓았다. 최 회장 부부는 하루 앞당겨 중국에 왔다. 그들은 중국 석탄 공사가 준비해 놓은 호텔이 아니라 딴 호텔로 숙소를 정했다. 그날 저녁에 최 회장은 나를 자기가 묵고 있는 호텔로 불러 과거에 자기와 알고 지낸 조선족 부자를 나를 소개했다. 내가 보는 앞에서 조선족 아들에게 지사장으로 임명한다고 중국의 모든 일을 맡긴다고 말했다. 그리고 준비한 장관 임명장처럼 만든 임명장을 전해주었다. 그 대가로 그들이 준비한 돈을 최 회장에게 주는 것이다. 최 회장은 바로 Mrs. Choi에게 주었다. 나는 너무 놀라서 바로 방에서 나와 호텔로 돌아왔다.

최희만 회장의 본성

　　　　　　　　✎ 나는 호텔에 돌아와 잘 준비를 하였다. 그런데 문 두들기는 소리가 요란하게 났다. 문을 열자 최 회장은 황급하게 방 안으로 들어와 방과 화장실까지 뒤지며 내가 여자와 같이 있는지 확인하는 것이다. 나는 너무 놀라고 기가 막혔다. 당장 내 방에서 나가라고 소리쳤다. 오늘로써 당신과 나는 끝이라고 말했다. 그다음 날 Steve 부부가 도착했다. 최 회장은 Steve 부부를 자기가 묵고 있는 호텔로 강제로 끌고 갔다.

중국 석탄 공사 장 총리가 나에게 전화했다. 최 회장한테 전화 연락이 왔는데, Mark Lee는 단지 회사 직원이라고 말하며 본인이 회사 회장이며 주인이니 앞으로 모든 일은 자기하고 처리해야 한다고 했다는 것이다. 장 총리는 어떻게 된 것인지 입장이 난처하게 되었다. 아직 미국과 본격적으로 사업도 하기 전에 최 회장이 나타나 난장판을 만들어 놓았으니 말이다. Steve와 Wife는 중국 석탄 공사 공장 볼 겸 중국 관광을 하러 왔는데 말이다. 완전 분위기가 한 사람으로 인해 먹구름이 끼게 되었다.

장 총리의 지시로 직원들이 관광 Schedule을 만들어 놓았다. 그날이 토요일이라 만리장성부터 Steve 부부와 관광을 했다. 최희만 부부는 참석하지 않았다. 그날 저녁 식사 초대에는 최 회장 부부가 나타났다. 아주 거북한 시간이었다. 최 회장 부부는 아주 태연한 행동을 보였다. 다음 날 아침 식사 시간 때, 장 총리는 세 사람이 있는 데서 분명히 말씀하셨다. "내가 이 사업을 시작하게 된 것은 Mark Lee 사장을 만나 계약을 맺었기 때문이다. 앞으로도 모든 것은 Mark Lee 사장하고 계속 이 사업을 진행한다." 하고 분명히 말했다. 최 회장에게 개망신을 주었다. Steve는 중간에서 무슨 일인지 당황했다.

최 회장 부부는 그 길로 미국으로 돌아갔다. 나와 Steve 부부는 며칠 더 있다가 한국을 거쳐 미국으로 들어왔다. 미국에 돌아오니 아내가 무척 화가 나있었다. 최 회장이 미국에 들어와 아내한테 전화 연락해서는 중국에 여자가 있으니 나를 절대로 중국에 보내지 말라고 한 것이다. 사업을 망치려고 한 것도 모자라서 가정에 불화를 만들어 놓은 것이다. 아내는 그 말을 듣고 오해해 나를 한동안 중국에 못 가게 했고, 지금까지도 그렇게 생각하고 있다. 아무리 질이 나쁘다 하지만 이렇게 나쁜 사람은 처음 보았다. 그것으로 나는 최희만과는 완전히 인연이 끝을 맺었다.

China Coal Charcoal 미국 진출과 인계

나는 중국에 들어가 수차례 검사와 시험을 했다. Coal Charcoal Briquet Sample을 가지고 미국 정부에서 지정한 검사에 통과하려고 준비했다. 이미 Coconut Charcoal로 허가받은 경험이 있기 때문에 쉽게 통과할 수 있었다. 나는 통과 허가 증명서를 받아 중국으로 보냈다. 중국 석탄 공사에서 Coal Charcoal 완제품을 만들 수 있었다. 봉투 디자인도 내가 직접 제작하여 만들었다. 'Magic Coal Charcoal Briquet'를 상표로 정했다. 중국 석탄 공사 장 총리도 'Magic Coal' 상호를 좋아하셨다.

'Regular Magic Coal Charcoal Briquet'부터 미국 시장에 판매를 시작하였다. 가격 면이나 품질 면에 Kingsford Charcoal보다 좋고, 싸게 말이다. 문제는 미국 시장에 판매하려면 선전이 절대적으로 필요했다. 선전해야 할 재력이 혼자서는 부족하기 짝이 없었다. 당장 제품이 들어와 있는 상황인데 말이다. 정말로 안타까운 현실이다. 누군가 나를 재정적으로 밀어줄 할 사람이 필요했다. 당장 회사 운영하기가 너무 어려우니 말이다. 중국 석탄 공사는 나를 믿고, 공장 설립과 많은 투자를 했는데 상품을 위한 Marketing 할 자본이 없기 때문이다.

Coconut Charcoal도 그런 꼴이었다. 결국은 신영교 사장에게 넘겨주었지만, 신영교 사장께서도 여러 가지 사정으로 끝까지 못 하셨다.

중국 Coal Charcoal Briquet는 그런 상황이 아니다. 나는 여러 방면으로 알아보고, 노력해 보았다. 중국 석탄 공사와 계약했을 때, 한 달에 10 Container 정도는 수입으로 들어올 수 있다고 약속했기 때문이다. 첫 번에 들어온 한 Container도 한 달 동안 판매가 부진하니 말이다.

나는 Marketing 회사 Steve를 찾아갔다. 중국 석탄 공사와 계약도 있고 해서 말이다. Steve는 지난 중국 방문 때, 그곳의 실정과 관계를 잘 알기 때문이다. 나는 중국 석탄 공사와의 신뢰와 계약이 있으므로 Steve의 도움이 필요했던 것이다. Steve는 나와 같이하자는 의사를 처음 보였다. 나는 중국 석탄 공사와의 신뢰를 지키기 위해 너 혼자서 편하게 하라고 거절했다. 나는 내 인생이 왜 이런 꼴이 되는지 곰곰이 생각해 보았다. 도전 정신과 개발하겠다는 마음으로 온갖 정성과 열정을 가지고 앞뒤 가리지 않고 진행했기 때문인 것 같다. 그 목적은 완성했지만, 그것을 받쳐줄 힘과 재력이 없었다.

나는 너무나 비참한 꼴이 되었다. 근 10년이라 세월 동안 한 결과가 허무하게 끝을 맺어야 하니 말이다. 나는 무역과 Charcoal 사업은 이것으로 종결하고 말았다. 이 사업에 대해 생각하고도 싶지 않고, 미련도 가지고 싶지 않았다. 그 후 Steve는 중국 석탄 공사와 거래하여 여러 Buyer의 OEM 상품으로 연간 100 Container 이상이 미국에 들어온다고 한다. 중국 석탄 공사 장 총리께서 너무 고맙다며 언제든지 중국에 오라고 연락을 하셨다.

Uni-Tech Management Group/CFO

⚓ 나는 근 10년이란 세월 동안 앞만 바라보고 Charcoal 사업에 전심을 다해 개발에만 세월을 보냈으나 어느 한순간에 이 모든 것들이 안개와 같이 사라졌다. 너무나 지쳤다. 편한 마음으로 휴식을 취하고 있었다.

어느 날 나를 배신하고 나간 Peter Kim을 우연히 만나게 되었다. Peter Kim은 과거 자기가 잘못했다고 나에게 용서를 빌었다. 그는 돈 많은 여자를 만나 ATM 사업으로 부자가 되었다. 집도 사고, 좋은 차도 타고 다녔다. 자기를 도와달라고 요청했다. 자기 회사에 들어와서 재정 총책임자로 CFO를 맡아 달라는 것이다. 나는 머리도 식킬 겸 승낙했다.

그 회사에 들어가니, ATM 확장하는 과정에 타 회사로부터 고소당한 것들이 많았다. 고객 확보를 위해 고객이 이미 다른 ATM 회사와 계약이 되어있는데 법을 무시하고 자기 고객으로 만들어서 말이다. 나는 그 문제부터 해결할 수밖에 없었다. 변호사를 선임하여 하나씩 처리해 나갔다.

ATM 사업에서 왜 돈을 벌었느냐 하면 이렇다. 한국 효성에서 만든 ATM 기계를 한 대에 단돈 3,000불에 사 12,000불에 판매하였다. 판매원들에게 Commission으로 3,000불 정도 주었다. 그러니 순식간에 돈이 많이 벌게 되었다. 판매원들은 Commission에

환장하여 법이고 상관없이 돈버는 데 정신들이 없었다. Peter Kim
역시 그렇게 돈을 많이 벌었다. 그런 시점에 나를 만나 도와달라는
것이었다. 나는 하나씩 변호사와 합심하여 고소인 회사와 절충하
며 처리해 나갔다.

ATM이란 무엇인가?

✎ ATM은 Automated Teller Machine의 약자다. 즉 현금 인출기라고 생각하면 된다. 한국 사람들이 왜 ATM이 시중에 이용되었는지 잘 모른다. 다만 ATM 기계를 팔면 돈을 많이 벌 수 있다고 생각하여 너도나도 ATM 사업에 관심을 가지게 되었다. 특히 유대인과 중동인들이 이 사업을 많이 했다. 처음에 ATM은 은행부터 시작되었다. 은행 근무 시간이 끝나면 고객 Service를 위해 은행 밖에 현금 인출기 설치하여 고객이 언제든지 사용할 수 있게 만들어 놓았다. 은행에서 ATM 기계를 설치하려면 약 3만 불 정도가 든다.

미국 정부에서 극빈자를 위해 매달 Food Stamp를 쿠폰으로 Mail해 보내준다. 그러나 ATM을 이용할 경우, 쿠폰 용지와 운송비가 없다. Credit Card 같이 만들어 ATM을 이용하게 했다. 그것을 알아낸 유대인이나 중동인들이 싼 ATM 기계를 만들어 대중화시켰다. 한국 기업 효성에서도 ATM 기계를 싸게 팔았다. 효성에서는 은행 ATM 기계는 3만 불 정도인데 1/10인 3천 불에 팔았다. 다른 ATM 회사에서는 Agent에게 12,000불에 팔거나 Lease해 주었다. 그리고 ATM 회사는 Agent에게 ATM 기계를 설치해 주고, 고객이 ATM을 사용할 때마다 Fee Charge해 이익까지 보았다. ATM 기계를 사용할 때는 반드시 Credit Card를 비롯해 Card를 사용해야 쓸 수 있다. 초창기에는 Credit Cared 회사에서 별도로 ATM 회사에 코미션까지 주었다.

ATM 회사에서는 ATM 기계를 팔아서 돈도 남았다. 그리고 고객이 사용할 때마다 Fee에서 수입이 생기니 많은 사람이 ATM 사업을 했다. 지금은 ATM 기계 원가도 알게 되었다. Credit Card 회사에도 주는 Fee 코미션으로 혜택을 받을 수밖에 없다. 이런 사실을 Peter Kim 자신도 자세히 몰랐다. 나는 어느 정도 문제점을 해결해 주었다. 그리고 Uni-Tech Management Group에서 그만두었다.

Chris International/Die-No-Mite

     애틀랜타에서 신영교 사장께서 LA에 방문하셨다. 신 사장께서는 유산균 'Die-No-Mite'라는 새 상품은 가지고 오셨다. 신 사장께서는 나처럼 도전정신이 강하시고, 새 상품을 좋아하시는 성격이시다. 이 제품은 '먼지 진드기'를 줄이는 스프레이식 뿌리는 '유산균'이다. 그야말로 자연산 제품이며 사람이 먹어도 전혀 지장이 없다. 우리가 마시는 요구르트와 같은 유산균으로 만들어져 있다.

  나에게 이곳 서부 지역의 총책임자로 맡아서 운영해 보라는 것이다. 제품 모든 것은 신 사장께서 지원해 주시겠다는 것이다. 나는 신 사장께서 사무실을 열어주면 하겠다고 말씀드렸다. 신 사장은 동의하시고 본인의 LA 거래처에 사무실을 준비해 주셨다. 그리고 Die-No-Mite 제품 50상자를 보내주셨다. 나는 혼자서 판매 계획을 세웠다. 내가 과거 Charcoal 사업에 실패한 원인 중 하나가 Marketing에 광고할 수 없는 재력이었기 때문이다. 선전부터 할 생각이다. 가수 이상렬 장로가 운영하는 광고 회사를 찾아갔다. Die-No-Mite 광고 디자인과 『한국일보』와 『중앙일보』에 연결하여 기사와 전면 광고를 부탁했다. 무엇이든지 첫 단추를 잘 끼어야 다음 단추도 잘 끼듯이 말이다.

  일반적 먼지 진드기 죽이는 제품은 보통 10불 정도인데, Die-

No-Mite 제품은 한 개에 35불이었다. 한 상자에는 12개 제품이 들어있다. 제품의 가치와 품질을 높이기 위해 신경을 썼다. 그리고 지불은 COD 판매다. 최소한 한 상자 이상 구입해야 한다는 것이다. 한 지역에 한 가게만 판매한다는 원칙이다. 예를 들어 Toyota 회사에서 Lexus 차도 생산된다. 회사는 비슷한 엔진을 Toyota와 Lexus가 왜 다를까? 바로 Name Value가 다르기 때문이다. 그러기 위해 많은 선전의 뒷받침이 있었다. 나는 Die-No-Mite 제품도 처음부터 그런 방식으로 판매를 시도했다.

주로 자연 건강 제품은 외상이나 위탁 판매로 판매되었다. 나는 거래처로 건강 식품점, 약국, 전자 가게, Gift Shop, Home Shopping, Market에서 판매하고, 신문에 전면 광고부터 시작하였다. 그리고 광고 밑부분에 판매처 상호를 올려 선전도 해주었다. 내가 직접 광고 모델로 포스터와 배너를 만들고, TV에도 직접 출연해 광고했다.

먼지 진드기 'Dust Mite'

'Dust Mite'는 알레르기성 비염-콧물, 재채기, 코 막힘 현상을 가져오며, 알레르기성 천식-기침, 호흡 곤란, 숨이 차게 한다. 알레르기성 피부염-피부 가려움, 피부 염증, 피부 건조증을 유발하며, 알레르기성 결막염, 눈이 따끔 거림, 눈이 충혈, 눈물이 자주 나게 한다.

먼지 진드기는 사람 몸에서 떨어지는 피부 각질(단백질), 비듬, 땀에서 생기는 수분을 먹고 살기 때문에 사람이 있는 곳이면 어디서든 서식한다. 대표적으로 침대에 약 200만 마리이며, 소파에 약 40만 마리, 카펫에 약 500만 마리, 사람 몸에는 수십만 마리가 서식한다고 한다. 먼지 진드기는 물방울 같이 생겨 사람의 눈으로는 볼 수가 없다. 그런데 몸에 붙어있는 진드기는 사람의 각질이나 비듬을 먹고 산다. 그들의 배출물이 나오면 몸에서 냄새가 나타난다. 그래서 늙을수록 많이 벗겨져 그들의 서식처가 되기 쉬우니 나이 드신 분은 몸을 자주 씻어야 한다.

Atlanta 본사
Chrisal International 회사 Close

　　 🖋 이곳 서부 지역은 소비자들에게 많이 알려져 판매가 기대 이상으로 잘되었다. 그만큼 선전 가치의 효능을 많았다. 고정적인 고객도 늘어났다. 한국에 Sample을 보내니 반응이 좋아 한국에 진출할 계획도 잡혔다.

　그런데 이것이 웬 말인가? Atlanta 본사가 문을 닫게 되었다는 것이다. 그곳 판매 부진으로 Die-No-Mite 공장에서 총 판권 취소를 당한 것 같았다. 또 날벼락을 맞은 꼴이 되어버렸다. 왜 나에게 이런 결과가 되는지 참으로 원망스럽다. 근 2년이란 세월이 헛되게 흘러갔으니 말이다. 나는 마음을 정리하고, 조용히 휴식을 취했다.

Continental Express Money Order Co.

    🖎 친구 David Kim과 점심 식사를 했다. David Kim은 지나가는 말로 'Continental Express MO Company'에서 사람을 찾는다는 얘기를 했다. 나는 이미 60세가 넘은 나이가 되었으니 이 나이에 일반적인 직장 생활은 어렵다고 생각했다. 그러나 이제라도 노년 준비를 해야 할 나이가 되었다. 미국 회사에 들어 가 10년 정도 더 일하고 싶었다. 왜냐면, 정부에서 받을 수 있는 Social Security Benefit이 좋다고 생각했기 때문이다. 한국 회사는 써주지도 않고 보장이 안 되지만, 미국 회사는 능력과 경험이 있으면 써주기 때문에 흥미가 생겼다.

    나는 David Kim에게 전화번호를 달라고 얘기했다. 그리고 집에 돌아가 바로 전화 연락을 했다. 나는 회사 책임자와 통화하고 싶다고 말했다. 회사 부사장을 바꾸어 주었다. 부사장은 나에게 무엇 때문에 찾느냐 물었다. 회사에서 직원을 찾는다는 얘기 듣고 전화했다고 말했다. 그는 이런 일에 경험이 있느냐 물었다. 나는 Mark Lee이라고 대답했다. 그렇더니 부사장은 바로 나를 알아보았다. 그리고 내일 당장 만나자고 얘기했다.

    나는 그다음 날 회사로 찾아갔다. 사장과 부사장은 나를 기다리고 반갑게 맞이했다. 나에게 무슨 직책을 주어야 할지 조심스럽게 물었다. 나는 어떤 직책이라도 상관이 없다고 말했다. 이 나이에 채용해 주는 것으로도 감사하니 말이다. 그들은 나에게 LA와 Orange County 전체 책임자 직책을 주었다. 나는 일주일 후에 근무하겠다고 얘기했다. 회사에 첫출근했다. 북가주에서 책임을 맡고 있는 Bob Bishop이 있었다. 너무 반가워했다. Bob Bishop은 General MO에서 그만두고 바로 이 회사에서 근무했던 것이다. Bob Bishop은 John Page와 David Wilson 소식은 모른다고 했다. 무척 궁금했는데 아쉬웠다.

그동안 Money Order 업계는 많은 변화가 있었다. 전 미국을 장악하고 운영했던 Travelers Express MO. Company는 많이 축소되었다. 이곳 서부 지역은 단지 연락 사무실밖에 없다. 그동안 Continental Express MO Company가 서부 지역에서 제일 큰 회사로 성장하고 있었다. 회사 사장은 유대인이지만, 부사장은 독일 사람이었다.

부사장 Bready Hauser는 아주 무섭고 깐깐한 사람이다. 내가 독일의 Hitler라고 별명을 붙여주었다. 간부 회의 때면 본인 얘기만 하지 남의 얘기는 경청하지 않는다. 회사의 모든 운영은 부사장 지위 아래 마음대로 하고 있다. 나는 부사장실에 들어가 Bready 부사장에게 건의했다. "나도 과거에 너의 직책을 해 잘 알고 있다. 너무 나를 귀찮게 하지 말라. 나도 너를 귀찮게 안 할 테니 말이다. 내가 너에게 귀찮은 인물이면 언제든지 말해라. 그러면 그만둔다."라고 얘기했다. 그 이후로 Bready는 나에게 조심 있게 말과 행동을 했다.

그렇게 세월을 보내다 보니, 'Continental Express MO Company'에서 근 10년이란 세월이 흘러갔다. 내 나이 72세에 은퇴했다. 너무 감사하게 생각한다. 은퇴하기 전에 노년 준비로 안식처부터 준비했다.

안식처 준비 조건

1. 나이가 있으니 '안전 지역'이 우선이다. 단독 주택보다는 타운 House가 좋다고 생각했다. 타운 House는 Gate가 있어서 아무나 들어올 수 없다. 그리고 이웃이 항상 서로 지켜주어서 집을 비우고 마음대로 여행도 할 수 있다.
2. 내가 사는 집에서 '한국 마켓이나 병원'이 가까워야 한다. 만약에 내가 차를 운전하지 못할 경우, 버스나 걸어갈 수 있고, 응급 상황이 생길 때 바로 병원에 갈 수 있는 곳 말이다.
3. 집 구조에 있어서 내가 원하는 집은 '햇빛이 잘 들어와 항상 실내가 환하고, 천장이 높은 집'이다. 방은 두 개로 침실과 서재로 쓸 수 있는 방이며, 따라 손님이 오실 경우 주무실 수 있는 방이다.

나는 이런 조건의 안식처가 있기를 원하며 기도했다.

집을 살 수 있는 조건

1. 신용 점수를 잘 만들어야 한다.
2. 매달 들어오는 수입이 분명해야 한다.
3. 주택 구입할 때 최소한 구입액의 20~30% Deposit 할 돈이 준비되어야 한다.

이러한 자료가 준비가 되었을 때, 먼저 내가 신용 조사를 하여야 한다. 현재 내가 얼마의 주택을 살 수 있나 계획한다. 무작정 부동산을 찾아가기 전에 대형 은행에 가서 내가 예산하고 있는 주택 가격을 생각하고 말한다. 즉 내가 50만 불의 주택을 생각하면 그것에 대해 말이다.

큰 은행은 'Bank of America, Chase Bank, Citi Bank'를 말한다. 보통 부동산에서 연결해 주는 'Loan Bank'는 작은 Bank이다. 큰 Bank와 작은 Bank의 차이점은 내가 집 Loan을 받아 집을 샀을 때, 내 집문서가 큰 Bank에서는 계속 유지한다. 그러나 작은 Loan Bank는 나도 모르게 내 집문서가 거래되어 바꾸어 넘어가는 경우가 많다. 물론 미국 Bank System을 믿고 있지만 변동할 수 있다는 것이다.

나는 우선 Bank of America부터 갔다. 집 융자에 대해 Loan Officer과 상담했다. 그는 내가 준비한 자료를 검토해 보았다. 그리고 본사와 연결하여 내 상태로 얼마까지 융자가 가능하다고 알아보았다. 이자는 몇 %까지 줄 수 있는지 자료를 뽑아 주었다. 그러면 그곳에서 바로 결정하지 않고, 그 자료를 가지고 또 다른 큰 은행인 Chase Bank와 Citi Bank에 가서 똑같은 방식으로 자료들을 수집한다.

내가 살 수 있는 안식처에 대해 확신을 가지고 그다음에 부동산을 찾아간다. 이 모든 자료를 부동산에 가지고 가 내가 원하는 집을 말했다. 먼저 내가 무엇을 원하는 조건에 대해 얘기했다. 내가

원하는 가격의 집과 지역을 분명히 얘기해 주었다. 그중에 마음에
드는 것이 있으면 부동산 직원과 함께 그 집에 찾아간다. 그리고 눈
으로 확인하고 마음의 결정을 해야 한다. 시간의 여유를 가지고 물
색해야 한다.

나는 부동산 직원에게 바쁜 시간 소비할 것 없다고 말했다. 내가
찾아볼 수 있게 내 컴퓨터로 자료들을 옮겨달라고 부탁했다. 저녁
마다 컴퓨터를 열어 새로 나온 집이 있나 매일 찾아보았다. 그러던
어느 날 드디어 새로 막 나온 Town House를 찾았다. 위치도 좋고,
내가 원하는 조건이 딱 맞는 것 같다. 바로 부동산에 가서 그 집을
보았으면 좋겠다고 부탁했다.

그 집에 들어갔다. 내가 원하는 집 구조로 되어있고, 빈집이라 실
내 칠도 새로 깨끗하게 해놓았다. 건물 안에 Parking도 할 수 있게
되어있었다. 나는 바로 아내한테 연락하여 보여주고, 승낙을 얻었
다. Seller에게 Offer를 Marketing Price보다 만 불을 깎아서 신청했
다. 이 지역 근처에는 중국 사람과 월남 사람들이 많이 거주하고 있
다. 그들은 집이 새로 나오면 Bank Loan도 받지 않고, 현찰로 집들
을 구입한다. 부동산 직원은 나에게 힘드니 포기하라고 말했지만
나는 일단 해보라고 말했다.

얼마 후 Seller에서 답변이 왔다. 더 이상 Offer 하지 말라고 말이다.
그래서 내가 가지고 온 은행의 Loan 보증서를 보내주라고 말해 주
었다. 하루가 지나도 아무런 답변이 없었다. 나는 부동산 직원에게
한 번 더 Town House에 가보고 싶다고 부탁했다. Town House에 도
착하니 정말로 마음에 들었다. 집 안에 들어서 주님께 간곡히 기도

를 드렸다. 나의 노년에 보금자리 안식처가 되게 해달라고 말이다. 그런데 그 역사가 바로 이루어졌다. Seller한테서 연락이 와 내 Offer를 받아주겠다는 것이다. 부동산 직원도 놀라고, 나에게 많은 것을 배웠다고 한다. 자기가 받는 커미션에서 얼마를 선물로 주었다.

하기도 전에 포기하고, 부정적인 생각을 하고 있는 사람들이 많다. 그 예로 들어 성경에서 가나안 땅을 정복하기 전 정탐꾼 보냈다. 거기서 보면 부정적으로 생각하는 사람이 있는가 하면 그의 반대로 긍정적인 사람이 있듯이 말이다. 나는 이미 Bank에서 Loan 허가를 받았기 때문에 세 은행 중 조건이 좋은 Chase Bank를 선택했다. 그리고 수속을 진행시켰다. Deposit 할 돈은 Continental Express MO 회사 퇴직금과 그동안 모았던 돈으로 했다. 내가 근 10년 동안 Continental Express MO 회사에서 근무하며 거주지를 준비한 효과를 달성하게 되었다. 그리고 2015년 6월 6일에 Town House로 이사하게 되었다.

COVID-19 코로나

　　🖎 2019년 12월경 '코로나'라는 병이 전 세계에 퍼졌다. 전 세계 수많은 사람이 죽는 공포의 분위기로 몰아갔다. 많은 사람이 예방 주사를 맞고, 마스크를 착용해야만 했다. 나 역시 예방 주사도 예약하고 몇 번 맞아야 했다. 외부 사람들하고 접촉도 못 하고, 서로 조심해야 할 상황이었다.

　그러던 2020년 1월 20일에 나에게 그런 현상이 일어난 것이다. 갑자기 가슴이 답답하고, 숨이 차며, 목구멍이 좁아지는 느낌으로 제대로 밥을 먹을 수 없었다. 아내는 내 모습을 보고, 당황하며 겁이 나 바로 가까운 대형 응급실로 데리고 갔다. 응급실에는 아무도 못 들어가 아내는 응급실 문 앞에 나를 내려놓고 돌아갈 수밖에 없었다.

　응급실에 들어가니 사람들이 꽉 차있었다. 나를 보자마자 환자 취급하여 환자복을 입혔다. 바로 침대에 눕히고 응급 검사실로 데리고 갔다. 응급 검사실에는 많은 사람이 대기하고 있었다. 복도까지 말이다. 얼마 후, 내 가슴과 팔목에 진찰 도구 줄을 붙이고, 주삿바늘을 꽂아놓았다. 나는 완전히 코로나 환자가 되어버렸다. 내 생애에 처음 있는 일이라 가만히 그들을 따를 수밖에 없다. 그들은 피를 계속 뽑아가고, 참으로 괴로운 시간이었다. 얼마 후, 응급실에서 병실이 데리고 갔다. 병실은 독방으로 간호사와 가까운 방이었다. 간호사는 수시로 와 혈압을 재고, 피를 뽑고, 약을 주었다. 제대로 잠도 못 자게 말이다. 그다음 날 아침에 X-Ray를 찍었다. 그 결과 상황에 퇴원할 수 있다고 간호사가 말해 주었다. 그런데 이게 웬 말인가? 내 심장에 조금 이상이 있다고 검사가 필요하다는 것이다.

나는 일단 걱정하는 아내한테 전화 연락을 하여 이곳 상황을 알려주었다. 병원에서 일주일이 지났다. 의사는 아침 시간에 잠깐 병실 밖에서 얼굴만 쳐다보고 손만 흔들고 들어오지도 않는다. 나는 간호사에게 내 병명이 무엇이며, 언제쯤 퇴원할 수 있는지 물어보았다. 그러자 병원에 일단 들어오면 코로나 환자로 취급되어 빠르면 한 달 정도 검사받고 치료받아야 된다는 것이다. 그러면서 나는 코로나가 아닌 것 같아서 일찍 퇴원할 수 있다고 얘기했다.

아내와 아들은 걱정이 되어 매일 전화가 왔다. 어느 날 아들이 "You are Strong. Dad!"란 말로 나에게 용기를 주었다. 나는 혼잣말로 "Yes, I am Strong." 하면서 용기를 얻었다. 미친 사람처럼 밤이면 가슴에 검사 줄을 붙이고, 혼자서 전화기에서 나오는 나훈아의 노래를 들으며 춤을 추었다. 8일째 되던 날 아침에 의사가 오자 나는 약간의 화난 목소리로 왜 퇴원을 시키지 않으냐 말했다. 의사는 오늘 결과를 보고, 결정하여 내일 시켜주겠다고 했다. 나는 아내한테 연락하여 내일 퇴원이 될 것이라고 얘기해 주었다.

다음 날 아침이 왔다. 아침 일찍부터 피도 많이 뽑아가고 혈압과 숨 박동기도 여러 번 Check 했다. 마지막으로 영양 보충 주사를 맞고 퇴원시켜 줄 건데 그 주사약이 약국에서 와야 주사를 맞을 수 있다는 것이다. 그리고 주사를 맞으면 2~3시간이 걸린다고 한다. 저녁 시간이 되어서야 퇴원 수속을 하고 9일 만에 퇴원을 하게 되었다.

꼭 지옥에 갔다 온 기분이다. 마스크를 하고, 산소통을 옆에 끌며 말이다. 내 일생에 처음 병원 생활을 했다. 병원에 있는 동안 근 20파운드가 빠졌다. 집에 돌아오니 천국 같고, 아내가 정성껏 준비한 식사를 했다. 그리고 주위 사람들이 신경을 써 회복이 빨라졌다. 더욱이 아들이 걱정이 되어 매일 전화 연락해 주었다. 내가 필요한 것이 있으면 바로 소포로 보내주었다. 그리고 더욱이 고맙고 감사한 것은 그동안 아내와 의형제를 맺은 김환희 언니 부부께서 몸 회복과 보신을 위해 일본 장어 도시락을 일주일에 몇 번씩 사 가지고 오셨다. 너무 감사하고 잊지 못한다.

COVID-19 코로나(2020년)

내 일생

🖋 나는 내 일생을 3단계로 나누고 싶다. 초년, 중년, 노년으로 말이다.

초년에는 부모님을 잘 만나 좋은 집안에서 8대 독자로 태어났다. 어린 시절 남들이 부러울 정도로 귀하고, 호강하며 자랐다. 초등학교에 들어가서부터 중·고등학교 졸업할 때까지도 말이다. 대학 시절은 일찍 부모님 곁에 떠나 친구들과 어울려 부모님과의 추억은 거의 없는 시절이었다. 고국을 떠나 미국으로 유학 생활을 했으니 말이다. 참으로 외롭고, 고독한 생활이었다. 낭만과 기쁨보다 그리움과 보고픔에 말이다. 하루빨리 졸업하여 고국에 돌아가 그리운 부모님과 친구들을 만나보고 싶었다.

마침내 고국에 돌아왔다. 나를 기다리고 있는 것은 집안의 파탄과 부모님의 별거였다. 나에게 너무나 큰 충격이며 견디기 어려운 고통의 시간이었다. 나는 그 환경 속에서 도피하려고 미국에 다시 들어오겠다 다짐했다. 유학생이 아니라 영주하는 방법으로 말이다. 나같이 미국으로 들어올 수 있는 한 여성을 만나 결혼하였다. 그때 나의 심정은 썩은 지푸라기도 잡고 싶은 심정이었다. 그 누구도 나의 마음과 심정을 이해해 줄 사람이 없었다. 그러나 이 선택은 실패이며, 나의 욕심이었던 것 같다.

초년 말, 나에게는 남들이 누릴 수 없는 축복의 시간이 주어졌다.

부와 명예를 20대 초반에 다 가졌으니 말이다. 내 주변 사람들이 상상도 못 할 만큼의 부도 누렸다. 거기에 명예까지 가지게 되었다. 나는 미국에 들어와 하루아침에 안개와 같이 재산이 사라지는 운명의 시간을 겪게 되었다. 하나님의 벌이 얼마나 무서운지 뼈저리게 느끼고, 반성했다.

중년에 들어와서 계속된 어려움의 시험과 고통의 시간이 흘러갔다. 성경에 나오는 욥기서의 욥이 겪었던 마귀의 시험처럼 말이다. 가정이 파탄났고, 가지고 있던 모든 재물도 다 빼앗기고 말았다. 오직 하나님만 믿고, 의지하면서 어려운 시험에서 헤쳐 나갔다. 항상 내 마음속 깊은 곳에는 성령님께서 나와 함께 계시다는 신념과 믿음 안에서 말이다. 하나님께서 나에게 주신 말씀, "사람이 감당할 시험밖에는 너희에게 당한 것이 없나니 오직 하나님은 미쁘사, 너희가 감당치 못할 시험 당함을 허락지 아니하시고, 시험당할 즈음에 또한 피할 길을 내사, 너희로 능히 감당하게 하시느니라(고린도전서 10장 13절)."를 믿고 말이다. 나는 이 모든 어려운 시험에서 뚫고 나왔다.

사람은 누구와의 만남이 참으로 중요하다. 중년에 들어와 인간들에게 많은 상처를 받았다. 나는 굳건하게 하신 주님과의 만남이 나에게 큰 선물이며 감사할 따름이다. 그런 마음과 생각으로 노년을 준비시키는 차원에서 중년 말에 지금의 동반자를 만나 노년에 들어와 즐겁고 행복하게 살고 있다. 이 모두 주님의 은혜로, 감사할 뿐이다.

우리 집안의 DNA

나는 생각해 본다. 내가 왜 일생을 개발과 도전으로 살아왔는가를 말이다. 내가 생각한 답은 바로 '우리 조상의 DNA'가 있다는 것이다.

할아버지 때부터 생각해 보자. 그 당시 남들은 서당에서 불교 사상 교육을 배웠다. 그러나 할아버지께서는 아펜젤러 선교사를 만나, 기독교를 알았다. 배재학당을 1회로 졸업하셨지 않은가? 남들에게 없는 DNA가 있었던 것 같다.

외할아버지께서도 충청도 청주에서 태어나셔서 무작정 서울에 올라오셨다. 그리고 서울 중구 초동, 일본인들의 중심지에 자리를 잡았다. 그들을 상대로 두부 공장을 만드신 분이다.

아버지는 어떤 분인가? 그분 역시 일찍 일본에서 유학 생활을 하셨다. 일본에서 다양한 지식과 교육을 받으신 분이다. 고국에 돌아와 언론계와 영화계에서 활약하신 분이다. 영화계에서 대부까지 듣고 사신 분이 아닌가.

어머니는 어떤 분이신가? 처녀 시절, 일찍 예술계에 들어가 동남에서 활약하시고 많은 것을 배우신 분이다. 그리고 6.25 전쟁 중에 위험을 무릅쓰고, 폐허가 된 서울 복판에 최초로 새마을이란 외식집을 만드신 분이다. 그 당시 청와대 직영 식당 역할을 했으니 말이다.

나는 어떤가? 조상님들이 주신 전통적인 DNA를 받아, 일찍이 미국 유학을 왔다. 미국서 '개척과 도전 정신'을 철저히 교육을 받았다. 그것을 바탕으로 한국에서 남들이 상상도 못 했던, 'Supermarket과 Pizza'를 사람들에게 알려주고, 계몽을 시켰다. 지금 내가 생각해도 대단했던 것 같다. 미국에 들어와 '석탄 사업'을 하여 국제적으로 인도네시아와 중국까지 Charcoal 개발시켜 주었다. 결과적으로 그 나라와 남들에게 좋은 일로 끝났지만, 내 자신은 해냈다는 '자부심과 보람'을 느끼고 있다.

그럼 아들은 어떠한가? 그 역시 조상의 DNA를 받았다. 현재 Disney Land에서 새 개발 책임자로 전 세계 Disney Land를 새롭게 설계하여 개발하고 있지 않은가? 남들이 못하는 설계도를 가지고 말이다.

외손자는 X-Space 우주 항공사에서 근무하고 있다. 손자도 조상의 DNA를 받아, 식당에서 식사할 때도 가만히 있지 않고, 순식간에 무엇인가를 만들어 할아버지에게 주니 말이다.

참으로 DNA가 무섭다는 생각이 든다. 이 모든 것을 먼저 하나님과 조상님께 감사하게 생각한다.

영화제

동창 노주현과 함께

감독, 배우들과 함께

패티김과 함께

한국 방송(송해 선생과 함께)에서

개척과 도전 정신

에필로그

왜 내가
책을 쓰게 되었나?

왜 내가 책을 쓰게 되었나?

🖋 나는 위인도 아니고, 작가도 아니다. 그러나 내 일생을 돌이켜 볼 때 수많은 '경험과 도전'이 있는 삶이었기에 이 삶을 '진실과 솔직한 심정'으로 기록하여 자손과 후배들에게 참고가 되고자 하는 마음으로 도전해 보았다. 내 후손들이 우리 조상의 뿌리를 잊지 말고, '도전과 개척 정신'으로 살아가길 바라면서 말이다.

과연 내 삶이 후손들에게 힘이 되고, 보람이 될 지는 모르겠다. 후손들에게 많은 재산을 남겨주지 못했지만, 오직 주님만을 믿고, 의지하며 어려운 시험에서 벗어날 수 있다는 큰 가치는 남겨주고 싶다. 나에게 아버지께서 직접 써 주신 '참을 인' 자와 어머니께서 주신 '감사'란 말씀이 오늘날까지 '내가 살아온 힘이며 재산'이 되었던 거처럼 말이다.

또한 나는 내 후손에게 '만사를 긍정적 생각과 행동'과 '개척과 도전 정신'을 유산으로 남기고 싶다. 이러한 정신으로 감사하며 살아가 달라는 것이다. 신뢰와 진실함으로 남들이 나를 믿을 수 있고, 남에게 필요한 사람으로 말이다.

그 모든 열매는 오직 주 예수 그리스도만 아시고, 이루어 주신다.

개척과 도전 정신

펴 낸 날   2024년 4월 25일

지 은 이   이창호
펴 낸 이   이기성
기획편집   이지희, 윤가영, 서해주
표지디자인   이지희
책임마케팅   강보현, 김성욱
펴 낸 곳   도서출판 생각나눔
출판등록   제 2018-000288호
주   소   경기 고양시 덕양구 청초로 66, 덕은리버워크 B동 1708호, 1709호
전   화   02-325-5100
팩   스   02-325-5101
홈페이지   www.생각나눔.kr
이 메 일   bookmain@think-book.com

• 생각의 뜰은 도서출판 생각나눔의 자서전 브랜드입니다.

  ISBN 979-11-7048-688-6(03810)

Copyright ⓒ 2024 by 이창호 All rights reserved.

·이 책은 저작권법에 따라 보호받는 저작물이므로 무단전재와 복제를 금지합니다.
·잘못된 책은 구입하신 곳에서 바꾸어 드립니다.